판화
아Q정전

판화
아Q정전

초판 1쇄 발행 1987. 7. 1
초판 2쇄 발행 2004. 3. 6

지은이	루쉰
판 화	짜오이옌니옌
옮긴이	박운석
펴낸이	김경희
펴낸곳	(주)지식산업사
주소	서울시 종로구 통의동 35-18
전화	(02)734-1978(대)
팩스	(02)720-7900
인터넷	한글문패 지식산업사
	영문문패 www.jisik.co.kr
전자우편	jsp@jisik.co.kr, jisikco@chollian.net

등록번호 1-363
등록날짜 1969. 5. 8

ⓒ 박운석, 1987
ISBN 89-423-7020-0 93820

값 8,000원

이 책을 읽고 문의하고자 하는 이는 지식산업사 e-mail로 연락 바랍니다.

판화
아Q정전

루쉰 지음 | 짜오이옌니옌 판화 | 박운석 옮김

지식산업사

역자 해설

　《아큐정전(阿Q正傳)》은 현대 중국이 낳은 대문호 루쉰(魯迅)의 대표작으로 세계문학 가운데 높은 지위를 차지하고 있다. 세계 각국에 그 나라말로 번역되어 있지 않은 나라가 거의 없으며 우리나라에도 이미 20여 종의 번역서가 출판되어 있다.

　이 중편소설은 처음 《신보(晨報)》라는 신문의 부간(副刊)에 매주 1회씩 9회에 걸쳐 연재되었다. 서명(署名)은 파인(巴人)으로 했는데 이것은 하리파인(下里巴人)의 약칭으로 '아랫마을의 하찮은 사람'이라는 뜻이다. 부간(副刊) 편집자는 루쉰(魯迅)과 같은 고향의 후배인 쑤원푸위엔(孫伏園)이었는데 그가 웃는 낯으로 글을 졸라댔기 때문에 거절할 수가 없었다고 한다. 루쉰(魯迅)은 도중에 쓰기 힘들어 일찍 아Q를 죽여버리고 싶었으나 푸위엔(伏園)이 절대로 허락하지 않았다. 그래서 푸위엔(伏園)이 여행 중인 것을 엿보아 대단원(大團圓)을 쓰고 억지로 마무리를 지었다고 한다. 이 글은 부간(副刊)의 카이신화(開心話)라는 난(欄)에 연재하였는데 카이신화(開心話)라는 말은 '희롱하다, 야유하다'라는 뜻이다. 그래서 루쉰(魯迅)은 이 말에 어울리도록 제1장을 고의로 희롱하는 식으로 써서 후스(胡適) 일파의 '역사벽(歷史癖)과 고증벽(考證癖)'을 조롱하였다. 그러나 서술해나가는 동안 '차츰차츰 진지하게 되었다'고 스스로 말했다. 그것은 아Q가 일종의 살아 있는 생명체가 되어 움직이기 시작했기 때문이다. 루쉰(魯迅)의 아우 쪼우쭤런(周作人)은, 아Q는 고향 생가 근처에 살았던 실존인물을 모델로 하였으므로 루쉰의 마음속에 오랫동안 간직하고 있었던 인물이라고 하였다.
　아Q는 보리 베기라든가 쌀 찧기 등의 날품팔이를 하며 그럭저럭 생활하고 있는 떠돌이 농민으로 매우 어리석지만 남에 대한 자기의 품위를 지키려고 하는 마음가짐이 매우 큰 인물이다. 지주인 짜오 대감이나 치엔 대감조차도 그의 안중에는 없었다. 싸움을 하여 남에게 맞더라도 '아들 같은 놈에게 얻어맞은 셈이군. 요즈음 세상이 거꾸로 되었어'라고 생각하여 자신이 상대방보다 한 단계 위의 사람인 것처럼 느끼며, 실제로는 졌으면서도 이긴 기분이 되었다. 혹은 스스로 자신의 뺨을 때리고서 때린 것은 자신이고 맞은 것은 다른 사람이라고 생각하여, 이윽고 남을 때린 것과 똑같은 기분이 되었다. 그런데도 기분이 좋아지지 않을 때는 '잊어버림'이라는 선조 전래의 비법을 사용한다. 잊어버리면 다른 사람에게 맞은 사실이 없었던 것으로 되어버린다. 이와 같은 '정신승리법'에 의해서 그는 언제나 승리자였다.
　그러나 젊은 여승의 뺨을 꼬집어 '자손이 끊길 아Q놈!'이라고 욕을 먹은 뒤 그는 갑자기 여자의 매력에 홀려 짜오 대감 집의 여자 심부름꾼에게 동침을 호소하다가 혼이 나고 벌금까지 물게 된다. 그 결과 그 마을에 거주하지 못하고 떠나가 버린다.
　여름이 끝날 무렵 아Q는 성안에서 진기한 의류 등을 많이 가지고 득의만만하게 돌아와 마을 부인들의 관심이 집중된다. 그러나 그 물건들이 모두 절도품이란 것을 아Q가 고백하는 순간 그는 원래처럼 멸시받는다. 그때 혁명당이 온다는 이야기가 마을에 퍼지면서 마을 사람들이 당황해 떠들어대는 가운데 아Q는 성안에서 보아온 혁명당의 이야기를 하며 "혁명이다, 혁명이야!" 하고 외치며 거리를 다니게 되고 그는 또다시 마을의 인기인이 된다. 그러나 약삭빠른 지주들은 자신들이 혁명당이라고 말하며 아Q가 간청을 하여도 한 패에 넣어주지 않는다. 게다가 짜오 대감 집이 도둑을 맞자 아Q는 도적의 한패라고 의심을 받아 체포되고 까닭도 모른 채 사형집행 서류에 서명하게 된다. 글자를 쓸 줄 모르는 아Q는 이름 대신에 온 힘을 기울여 동그라미를 그리고 다음날 시가지에서 끌려 다닌 끝에 총살형을 받고 죽는다.

　루쉰(魯迅)은 '아Q'라고 하는 인물을 통해서 중국 민족의 병폐 - 노예근성 - 를 기탄없이 지적하였다. 이 소설이 발표되었던 당시, 독자들은 자기 자신을 모델로 하여 묘사한 것이 아닌가 하는 느낌에 사로잡혀 모두들 몸서리를 쳤다고 한다. 사실 '아Q'와 같은 인물은 중국 농촌뿐만 아니라 당시 중국 사회의 어느 곳에서나 볼 수 있었으며 세계의 모든 국가에 살고 있었던 것이다. 그럼, 현대에는 '아Q'와 같은 인물이 완전히 사라졌는가? 아니다. 우리나라에도 아직 많은 아Q가 살아 숨쉬고 있는 것은 아닌지 모르겠다.

2004. 2. 25. 역 자

차 례

역자 해설 · 4

제 1 장 머 리 말 · 8
제 2 장 승리의 기록 · 16
제 3 장 승리의 기록(속) · 32
제 4 장 사랑의 비극 · 48
제 5 장 생계 문제 · 60
제 6 장 중흥에서 말로까지 · 70
제 7 장 혁 명 · 84
제 8 장 혁 명 금 지 · 96
제 9 장 대 단 원 · 110

역 주 · 125
루쉰(魯迅) 연보 · 126
판화 아큐정전(阿Q正傳) 해설 – 유홍준(俞弘濬) · 128

표지 · 본문 판화 / 짜오이옌니옌(趙延年)

제 1 장 머리말

1 내가 아Q에게 정전(正傳)을 지어 주려고 한 것은 이미 한두 해가 된 것이 아니다. 그러나 쓰려고 하면서도 돌이켜 생각하고 망설이게 된 것은 내가 '입언(立言)'의 인간이 아님을 잘 알기 때문이다. 왜냐하면 옛날부터 불후의 문장은 모름지기 불후의 인물을 전해 왔고, 그래서 사람은 글로써 전해지고 글은 사람에 의해 전해지는데 —— 결국 누가 누구를 전하는 것인지 점점 애매해지는데도, 결국 아Q를 전하기로 결정지으니 마치 귀신에게 홀린 것 같다.

그러나 금방 썩어 없어질 이 글을 쓰려고 막상 붓을 드니 당장 여러 가지 어려움을 느끼게 된다. 첫째는 글의 제목이다. 공자 말씀에 '이름이 바르지 못하면 말이 순리롭지 못하다'[1]고 하였다. 이는 원래 지극히 주의해야 할 말이다. 전기의 제목은 매우 많다. 열전(列傳), 자전(自傳), 내전(內傳), 외전(外傳), 별전(別傳), 가전(家傳), 소전(小傳)…… 하지만 애석하게도 모두가 다 적합치 않다. '열전'이라 하자니 이 글이 결코 수많은 대인물들과 함께 정사 속에 끼일 것이 아니고, '자전'이라 하자니 내가 또한 바로 아Q가 아니다. '외전'이라 쓰자니 '내전'이 어디 있는가? 혹 '내전'이라 이름을 쓰려 해도 아Q 또한 신선이 아니다. '별전'은 어떨까 하나 아Q는 사실 대총통의 명령이 국사관에 내려져 '본전'을 지으라고 한 적이 없다. —— 비록 영국정사에 《도박사 열전》이 없는데도 문호 디킨스가 《도박사 별전》을 지은 적이 있지만, 그러나 문호라면 괜찮아도 나 따위는 안 될 일이다. 그 다음 '가전'은, 내가 아Q와 한 집안인지 아닌지 모르기도 하고 아직껏 그의 자손이 부탁한 적도 없다. 혹은 '소전'이라 하자니 아Q에게 달리 '대전'이 있는 것도 아니다. 요컨대 이 글은 바로 '본전'이겠으나 나의 문장을 생각할 때 문체가 천박해서 '수레를 끌고 다니며 음료수를 파는 무리들'의 말이라 감히 '본전'이라

할 수가 없고, 3교 9류(三敎九流)²⁾에도 끼지 못하는 소설가들이 흔히 쓰는 '군소리는 그만두고 말을 정전으로 돌리면'이라고 하는 상투어에서 '정전'이란 두 글자를 뽑아 세목으로 삼았는데, 옛날 사람이 편찬한 《서법정전(書法正傳)》이 '정전'과 글자에 있어 혼동될 수도 있지만 그것까지는 고려할 수가 없다.

2 둘째는 전기를 쓰는 통례로, 첫머리에 대개 '누구, 자는 무엇, 어느 고장 사람이다'라고 써야 하는데, 나는 아Q의 성이 무엇인지 전혀 모른다. 언젠가 한번 그가 성이 짜오(趙)인 듯싶었지만 그 이튿날은 곧 모호해지고 말았다. 그것은 짜오 대감의 아들이 수재에 급제했을 때 징소리를 둥둥 울리며 마을에 소식을 알려오자, 아Q는 마침 황주 두 사발을 마시고 이내 손발을 덩실거리며 이것은 그에게도 큰 영광이다, 왜냐하면 그와 짜오 대감은 본래 한 집안이며 자세히 항렬을 따져보면 그가 수재보다 3대나 위가 되기 때문이라고 말하였다. 그때 몇몇 곁에서 듣고 있던 사람들은 의외로 숙연해져서 다소 존경의 빛을 보였다. 그러나 이튿날 지보(地保)³⁾가 아Q를 불러다 짜오 대감 집으로 데려갈 줄을 어찌 알았겠는가. 대감은 보자마자 얼굴을 온통 붉히고 호통을 쳤다.

"아Q, 너 이 어리석은 놈아! 내가 네 놈과 한 집안이라고 했다지?"

아Q는 대꾸하지 않았다.

짜오 대감은 볼수록 화가 더욱 치솟아 몇 걸음 다가서며 말했다.

"네 놈이 감히 함부로 지껄이다니! 내가 어떻게 너 같은 놈하고 한 집안이냐? 네 놈 성이 짜오냐?"

아Q는 입을 열지 않고 뒤로 물러나려 했다. 짜오 대감은 달려들어 그의 뺨을 한 대 후려쳤다.

"네 놈 성이 어찌 짜오가 될 수 있니! —— 네 놈이 어디에 짜오씨가 될 자격이 있니!"

아Q는 자기 성이 틀림없이 짜오라고 항변하지 않고 단지 손으로 왼쪽 뺨을 어루만지면서 지보(地保)와 함께 물러나왔다. 밖에서 다시 한바탕 지보의 꾸지람을 듣고 지보에게 2백 문의 술값을 주어 사죄했다. 아는 사람들은 누구나 다 아Q가 너무나 터무니없이 굴어서 스스로 매를 자초했으며, 그는 아마도 성이 짜오가 아닐 것이고 비록 진짜로 성이 짜오일지라도 짜오 대감이 여기 있는 이상 그렇게 함부로 말을 하는 게 아니라고들 하였다. 이후 다시는 그의 성씨를 들먹이는 사람이 없었다. 그래서 나는 끝내 아Q의 성이 도대체 무엇인지를 알지 못하고 있다.

3 셋째는 내가 아Q의 이름을 어떻게 쓰는 건지 모르는 것이다. 그가 살아 있을 때 사람들은 다 그를 아Quei라 불렀으나, 죽은 다음에는 아무도 아Quei를 들먹이는 사람이 없으니, 어떻게 '기록으로 남기는' 일이 있을 수 있겠는가. 만약 '기록으로 남긴다'는 점을 따진다면 이 글이 맨 처음이라 할 수 있으므로 먼저 이 첫 번째 난관에 부닥친 것이다. 나는 아Quei가 글자로 아꿰이(阿桂)인지 아니면 아꿰이(阿貴)인지를 곰곰이 생각해보았다. 만약 그의 호를 월정(月亭)이라 부르거나 또는 8월에 생일을 지낸 적이 있었다면 그건 틀림없이 아꿰이(阿桂)일 것이다. 그러나 그는 호가 없고 —— 어쩌면 호가 있었는데 다만 아무도 그것을 몰랐던지 —— 또 생일에 초대장을 돌린 적도 없으니 아꿰이(阿桂)라고 쓰는 것은 독단이다. 또 만약 그에게 아후(阿富)라고 부른 형님이나 아우가 있다면 그건 틀림없이 아꿰이(阿貴)일 것이다. 그러나 그는 홀홀단신이니 아꿰이(阿貴)라고 쓰는 것도 근거가 없다. 그밖에 Quei로 발음되는 색다른 글자들은 더욱 맞을 수가 없다. 전에 나는 짜오 대감의 아들 무재(茂才) 선생에게 물어본 적도 있는데, 그렇게 박식하신 분도 결국 까마득히 모르고 오직 결론을 내려 하는 말이, 바로 천뚜슈(陳獨秀)가 《신청년(新靑年)》을 발간하여 양놈 문자를 제창했기 때문에, 국수(國粹)가 멸망하여 조사하거나 고증할 길이 없게 되었다고 말할 줄이야 누가 생각이

나 했겠는가. 나의 마지막 수단은 어느 한 고향 사람에게 부탁해서 아Q의 범죄조서를 조사해 달라는 것이었는데, 8개월 뒤에야 겨우 회신이 왔지만 조서에는 아Q와 발음이 비슷한 사람이 전혀 없더라는 것이었다. 나는 정말로 없는 것인지 아니면 조사를 안 해본 것인지 알 수는 없지만, 더 이상 다른 방법도 없게 되었다. 주음자모가 아직 통용되지 않는 것 같아 '서양문자'를 사용할 수밖에 없었고, 영국에서 유행하는 표기방법에 따라 그를 아Quei라 하고 이를 줄여서 아Q라고 썼다. 이것이 《신청년》에 맹종하는 것 같아 스스로도 매우 미안하게 여기나, 무재(茂才) 공조차도 모르는데, 나에게 무슨 좋은 방도가 있겠는가.

4 넷째는 아Q의 본적이다. 만약 그의 성이 짜오라면 요즈음 고을의 명망 있는 가문이기 좋아하는 오랜 관례에 따라 《군명백가성(郡名百家姓)》[4]의 주해대로 '농서(隴西) 천수(天水) 사람이다'라고 할 수 있으나, 유감스럽게도 이 성이 믿을만한 것이 못 되며, 따라서 그의 출신지도 결정할 수가 없다. 그가 비록 웨이쫭(未莊)에서 오래 살기는 했지만 또한 자주 딴 곳에서 기거했으므로 웨이쫭 사람이라고 할 수도 없고, 설사 '웨이쫭 사람이다'라고 하더라도 여전히 역사 서술방법에 어긋나는 것이다.

내가 조금이나마 스스로 위안을 삼는 것은 다른 한 글자 '아(阿)'는 아주 정확해서 억지로 끌어다 붙였다거나 빌려다 쓴 흠이 절대로 없어 박학다식한 사람에게 질정을 받을 수도 있다는 것이다. 그 나머지 것들에 대해서는 학문이 얕은 사람이 깊이 파고 들어갈 수 있는 것이 아니어서, 오직 '역사벽과 고증벽'이 있는 후스즈(胡適之) 선생의 문인들이 장차 혹시라도 많은 새 단서들을 찾아낼 수 있을까 하고 바랄 따름이나, 나의 이 《아Q정전》이 그때가 되면 벌써 없어졌을지도 모른다.

이상을 서문이라 할 수 있겠다.

제 2 장 승리의 기록

아Q는 성명이나 출신지가 분명하지 못할 뿐만 아니라 지금까지의 '행적'도 분명치 않다. 왜냐하면 웨이쫭 사람들은 아Q에 대해 오직 그에게 일을 거들어 달라거나 그를 놀려댔을 따름이지, 여태껏 아무도 그의 '행적'에 관심을 갖지 않았기 때문이다. 또한 아Q 자신도 말하지 않았고, 다만 다른 사람과 말다툼할 때 간혹 눈을 부릅뜨고 말했다. "우리가 예전에는 —— 너보다 훨씬 잘살았어! 네깐 놈이 뭐야!"

아Q는 집이 없어 웨이쫭의 토곡사(土穀祠)[5]에서 살고, 일정한 직업도 없이 단지 남의 집 날품팔이를 하며 보리를 베라면 보리를 베고, 방아를 찧으라면 방아를 찧고, 배를 저으라면 배를 저었다. 일이 좀 오래 걸릴 때는 그가 어쩌다가 임시 주인집에서 묵기도 했지만, 일이 끝나면 곧 떠났다. 그러므로 사람들이 바쁠 때는 역시 아Q를 생각해내나 생각나는 것은 날품팔이꾼이지 결코 '행적'은 아니었고, 한가해지면 아Q 그 사람마저도 잊어버리니 '행적'은 더욱 말할 필요도 없다. 오직 한번 어떤 늙은이가 "아Q는 정말 일을 잘 하는군!" 하고 칭찬했었다. 이때 아Q는 웃통을 벗은 채 빈둥거리면서 말라빠진 초라한 모습으로 바로 그 앞에 서 있었는데, 다른 사람들은 이 말이 진심인지 아니면 비꼬는 것인지 짐작이 가지 않았으나 아Q는 매우 좋아했다.

아Q는 또 자존심이 매우 강해서 웨이쫭의 주민은 모두 그의 안중에 없었고, 심지어 두 '문동(文童)'[6]에 대해서까지도 한번 웃어줄 가치조차 없다는 태도였다. 무릇 문동이란 장차 수재가 될지도 모르는 사람인 것이며, 짜오(趙) 대감과 치

엔(錢) 대감이 주민의 존경을 크게 받는 까닭도 돈이 있다는 것 이외에 다 문동의 아버지이기 때문이다. 그런데도 아Q만은 정신적으로 각별한 존경을 나티내지 않고, '내 아들은 훨씬 더 잘살 거야!' 하고 생각했다. 게다가 몇 차례 씽(城)에 늘어간 적이 있어 아Q는 더 자부심이 강했으나, 그는 또한 성안 사람들을 무척 경멸하였다. 예를 들어 3자 길이에 3치 폭의 널판으로 만든 걸상을 웨이쫭에서 '창떵(長凳)'이라고 부르고 그도 역시 '창떵'이라고 부르는데, 성안 사람들은 '탸오떵(條凳)'이라고 부르는 것이 그의 생각에는 잘못된 것이고 우스운 것이었다. 기름에 도미를 튀길 때 웨이쫭에서는 모두들 반 치 길이의 파 잎을 얹는데 성안에서는 가늘게 썬 파를 얹는 것, 이 역시 그릇된 것이고 우스운 일이라고 생각했다. 하지만 웨이쫭 사람들은 정말 세상을 모르는 우스운 시골뜨기들인지라 그들은 성안의 생선 튀김을 본 적이 없었다.

6 아Q는 '예전에 잘살았고' 식견이 높으며 '정말 일을 잘하므로' 본래 거의 '완벽한 사람'이겠으나, 애석하게도 그는 신체상 약간의 결점이 있다. 가장 그를 괴롭히는 것은 그의 머리에 언제 생겼는지 모르는 여러 군데의 부스럼 자국이다. 비록 자기 몸에 나 있기는 하지만, 아Q의 생각에 자랑거리는 못 된다고 여기는 것 같았다. 왜냐하면 그가 부스럼이라는 '라이(癩)'라든가 그 발음 '라이(賴)'와 비슷한 일체의 소리를 꺼려 하고 뒤에는 이를 더욱 확대하여 '빛난다'는 말도 꺼리고 '밝다'는 말도 꺼렸으며 나중에는 '등불', '촛불'이란 말까지도 꺼리게 되었기 때문이다. 일단 꺼리는 것을 범하기만 하면 고의건 아니건 아Q는 머리의 흉터가 온통 빨개지도록 화를 내어, 상대를 어림쳐 보고 말이 서툰 사람이면 욕을 퍼붓고 기운이 약한 사람이면 때렸는데, 어찌된 일인지 언제나 아Q가 손해를 보았다. 그래서 그는 점차 방침을 바꾸어 대개 성난 눈으로 흘겨보기로 하였다.

7 아Q가 흘겨보기주의를 채택한 이후 웨이쫭의 건달들이 더욱 즐겨 놀려 댈 줄을 누가 알았으랴. 만나기만 하면 그들은 깜짝 놀란 척 하면서 말했다.

"야, 밝아졌다."

아Q는 으레 화를 냈고, 성난 눈으로 흘겨보았다.

"아, 손전등이 여기 있었군!" 그들은 전혀 아Q를 두려워하지 않았다.

아Q는 할 수 없이 달리 보복할 말을 생각해내야만 했다.

"네 놈은 상대가 안 돼······." 이때 그의 머리에 있는 것이 마치 일종의 고상하고 영광스런 부스럼 자국이며 결코 보통의 부스럼 자국은 아닌 것 같았으나, 위에서 말했듯이 아Q는 식견이 있는지라 즉각 방침에 어긋난다는 것을 알고 더 이상 말을 하지 않았다.

8 건달들은 그래도 그치지 않고 계속 그를 약 올리기만 하고 결국은 때리기까지 하였다. 아Q는 겉으로는 져서, 남에게 누런 변발을 잡힌 채 담벼락에 네댓 번 소리 나게 머리를 부딪쳤다. 그러자 건달들은 비로소 만족하여 가버리고, 아Q는 잠시 서서 '내가 결국 아들놈한테 얻어맞은 셈이군. 요즘 세상은 정말 돼먹지 않았어……' 하고 생각했다. 그리고 역시 마음속으로 만족하고 승리해서 가버렸다.

9 아Q는 속으로 생각했던 것을 나중에 하나하나 다 말하기 때문에, 아Q를 놀리는 사람들은 거의 전부가 그에게 이 일종의 정신적 승리법이 있다는 것을 알고, 이후에는 그의 누런 변발을 잡아챌 적마다 사람들은 그에게 미리 말했다.

"아Q, 이건 아들이 애비를 때리는 게 아니라 사람이 짐승을 때리는 거야. 스스로 말해 봐. 사람이 짐승을 때린다고!"

"버러지를 때린다. 됐어? 나는 버러지야. —— 그래도 안 놓아 줘?"

그러나 비록 버러지라 해도 건달들은 놓아 주지 않고 여전히 근처 어딘가에다 대여섯 번 소리 나게 머리를 부딪고서야 비로소 만족하여 가버리고, 그는 아Q가 이번에야말로 혼이 났으려니 하고 생각하는 것이었다. 하지만 10초도 못 가서 아Q 역시 마음속으로 만족하고 승리해서 가버리고, 그는 자기가 자신을 경멸할 수 있는 첫 번째 사람이라고 생각했는데, '자신을 경멸한다'는 것을 빼버리고 나면 나머지가 '첫 번째'이다. 장원도 '첫 번째'가 아니겠는가? "네깐 놈이 도대체 뭐야!"

10 아Q는 이런 등등의 묘한 방법으로 원한의 적을 이긴 뒤 유쾌하게 술집으로 달려가 몇 사발 술을 마시고 다른 사람들과 한바탕 시시덕거리기도 하고 한바탕 말다툼을 하여 또 승리를 거두고는 유쾌하게 토곡사로 돌아가 머리를 처박고 잠들어버린다. 만약 돈이 있으면 그는 곧 노름판으로 간다. 사람들 한 무더기가 땅바닥에 쪼그리고 앉아 있는데 아Q가 얼굴에 온통 땀을 흘리며 그 사이에 끼어 앉아 소리를 가장 크게 질렀다.

"칭룽(靑龍)에 사백이다!"

"자~젖힌~다!" 노름판의 주인도 역시 얼굴에 온통 땀을 흘리며 상자 뚜껑을 열고, 노래하듯 외쳐댄다. "톈먼(天門)이다~쟈오(角)는 텄고~! 런(人)하고 촨탕(穿堂)은 아무도 안 섰고~! 아Q의 동전은 이리 가져와~."

"촨탕에 백 —— 백오십이다!"

아Q의 돈은 이러한 노래 속에 얼굴이 땀투성이인 다른 사람의 허리춤으로 점점 들어간다. 그는 결국 사람들 무더기에서 밀려나, 뒤쪽에 서서 남의 패에 마음 졸이다가 노름판이 끝난 뒤에 아쉬운 마음으로 토곡사로 돌아오고, 이튿날은 눈이 부은 채 일을 나간다.

11

그러나 정말 '세상만사 새옹지마'라고 한 말처럼, 아Q는 불행히도 한번 돈을 땄으나 오히려 실패한거나 다름없었다. 그 날은 웨이쫭 마을에서 신에게 제사 드리는 날 밤이었다. 그날 밤은 예전처럼 창극이 열렸고, 무대 왼편에는 여전히 노름판들이 벌어졌다. 창극의 징소리·북소리가 아Q의 귀에는 마치 10리 밖에서 울리는 듯하고, 그에게는 다만 야바위꾼들의 노랫소리만 들렸으며, 그는 돈을 따고 또 따서 동전이 10전짜리 은화로 바뀌고 10전짜리 은화가 1원짜리 은화로 바뀌어 은화가 첩첩이 쌓였다. 그는 대단히 신바람이 났다.

"텐먼에 2원!"

그런데 그는 누가 누구하고 왜 싸우기 시작했는지 알지 못했다. 욕하는 소리, 때리는 소리, 발자국 소리, 한바탕 정신없이 치고 박고 나서, 그가 겨우 기어 일어나보니 노름판은 보이지 않고 사람들도 보이지 않으며, 몸은 여러 군데가 아픈 것 같고 몇 차례 주먹과 발길로 얻어맞은 듯하였으며, 몇몇 사람이 의아한 눈으로 그를 보고 있었다. 그가 넋 잃은 사람처럼 멍청해져 토곡사로 걸어 들어와 정신을 차렸을 때, 그는 은화 한 무더기가 없어졌다는 것을 알았다. 마을 제사 때 벌어지는 노름판은 대부분 본고장 사람들이 아니니 어디 가서 찾아본단 말인가?

12 하얗게 번쩍번쩍하던 1원짜리 은화 더미! 더욱이 그의 것이었는데 —— 지금은 보이지 않다니! 아들놈이 가져가버린 것이라 해도 역시 불쾌했고, 자신이 버려지라고 해도 기분이 좋지 않았다. 그는 이번에 비로소 실패의 쓰라림을 약간 느꼈다.

그러나 그는 즉각 패배를 승리로 바꾸었다. 그는 오른손을 들어 힘껏 자기 뺨을 두 번 후려쳤고, 그의 뺨은 얼얼하게 아파왔다. 때리고 나니 곧 마음이 가라앉고, 마치 때린 것은 자기이고 맞은 것은 다른 자기인 것 같았으며, 조금 지나자 자기가 남을 때린 것 같아 —— 비록 아직 좀 얼얼했지만 —— 마음속으로 만족하고 승리감에 젖어 누워버렸다.

그는 잠이 들었다.

제 3 장 승리의 기록(속)

13 그래서 아Q는 늘 승리했지만 짜오 대감에게 뺨을 얻어맞고 나서야 비로소 유명해졌다.

그는 지보에게 2백 문의 술값을 치르고 화가 나서 드러누워 '요즈음 세상은 너무 말이 아니야. 아들녀석이 애비를 치다니……' 하고 생각했다. 그러고는 짜오 대감의 위풍당당한 모습과 그가 이제는 자기 아들이 되었다는 생각에 미치자, 점점 득의만만하여서 일어나 〈소고상상분(小孤孀上墳)〉"을 부르면서 술집으로 갔다. 이때 그는 짜오 대감이 남보다 한 등급 높다고 생각되었다.

이상하게도 이후로 과연 모든 사람들이 각별히 그를 존경하는 것 같았다. 이것이 아Q로서는 혹 자기가 짜오 대감의 아버지이기 때문이라고 생각되었을지도 모르나, 실상은 그렇지가 않았다. 웨이쫭의 통례로 설사 아치(阿七)가 아빠(阿八)를 때렸다든가 리쓰(李四)가 짱싼(張三)을 때린 것은 이제까지 문제가 되지 않았으며, 반드시 짜오 대감처럼 이름 있는 사람과 관련되어야만 비로소 그들의 입에 오르는 것이었다. 한번 입에 오르면 때린 사람이 유명하므로 맞은 사람도 덕분에 유명해진다. 잘못이 아Q에게 있다는 것은 말할 필요도 없다.

이유가 무언가 하면, 짜오 대감은 잘못할 리가 없기 때문이다. 그러나 그가 잘못했는데도 어째서 사람들은 그를 각별히 존경하는 것 같은가? 이는 설명하기 매우 어렵지만 잘 따져보면, 아마 아Q가 짜오 대감의 한 집안이라고 말해서 비록 얻어맞기는 했어도 사람들은 역시 약간은 진짜일지도 몰라 어쨌든 조금 존경해 두는 것이 안전하리라고 생각해서일 것이다. 그렇지 않다면 공자묘(孔子廟)에 바친 제물처럼, 돼지나 양 같은 짐승이지만 성인이 먼저 수저를 댄 이상 선유(先儒)들이 감히 함부로 건드리지 못하는 것과 같은 것이다.

그후 아Q는 여러 해 동안 득의만만했다.

14

어느 해 봄 그는 거나하게 취해 길을 가다가 담장 밑 양지바른 곳에서 왕털보가 웃통을 벗고 이를 잡고 있는 것을 보고 그도 갑자기 몸이 근질근질하였다. 왕털보는 부스럼장이이기도 하고 털보이기도 하여, 다른 사람은 다들 그를 왕부스럼장이 털보라고 불렀으나, 아Q는 부스럼 빼고는 그를 무척 경멸하였다. 아Q의 생각으로는 부스럼은 이상할 것이 없고 다만 이 구레나룻 수염만이 정말 너무나 이상해서 꼴사납게 보인다는 것이었다. 그는 왕털보의 옆에 가서 앉았다. 만약 다른 건달들이었다면 아Q가 감히 마음 놓고 옆에 앉지 못했을 것이다. 그러나 이 왕털보 옆이라면 그가 무슨 두려움이 있겠는가? 솔직히 말해서 아Q가 앉아준 것만으로도 그를 영광되게 한 것이다.

아Q도 겹으로 된 떨어진 상의를 벗어 뒤집어서 찾아보았지만 갓 빨아서인지 아니면 대충 뒤져서인지 한참 만에 겨우 서너 마리를 잡았을 뿐이었다. 그가 보니 왕털보는 이를 한 마리, 두 마리, 또 세 마리, 이렇게 입에다 넣고는 쪽쪽 소리를 내고 있었다.

아Q는 처음에 실망이 되다가 나중에는 화가 났다. 못생긴 털보조차도 저렇게 많이 잡는데 자기는 도리어 이렇게 적으니 얼마나 체통 안 서는 일인가! 그는 큰 것을 한두 마리 찾아내고 싶었지만 끝내 잡지 못하고 겨우 중치를 한 마리 잡아 분하다는 듯이 두툼한 입술 속에 밀어 넣고 힘껏 깨물었으나 찍 하는 소리가 왕털보의 소리보다 못하였다.

15 그의 부스럼 자국이 하나하나 새빨개졌다. 옷을 땅바닥에 팽개치고 침을 탁 뱉으며 말했다.

"이 털버러지야!"

"부스럼장이 개새끼, 너 누구한테 욕하냐?" 왕털보는 멸시하듯 눈을 치켜뜨고 말했다.

아Q는 근래에 비교적 남의 존경을 받아 스스로도 더 거만을 떨었지만, 그러나 툭하면 치는 그 건달들을 만나면 역시 겁을 먹었다. 하지만 이번에는 매우 용감했다. 이 따위 온 얼굴에 털투성이를 한 것이 함부로 지껄이다니?

"누구라고 묻는 바로 네 놈이지!" 그는 일어서서 두 손을 허리에 올려놓았다.

"너 뼈다귀가 근질근질하냐?" 왕털보도 일어서서 옷을 걸치면서 말했다.

아Q는 그가 도망가려는 줄로 알고 갑자기 달려들어 주먹을 한 대 휘둘렀다. 주먹이 미처 몸까지 가 닿기도 전에 아Q는 이미 그에게 꼭 잡혀버렸고, 한 번 잡아채자 아Q가 비틀거리며 쓰러져 이내 왕털보에게 또 변발을 움켜잡히고, 담장 쪽으로 끌려가 전처럼 머리가 담벼락에 부딪히려고 하였다.

"군자는 말로 하지 손을 쓰지는 않는 거야!" 아Q는 머리를 비틀며 말했다.

왕털보는 군자가 아니라선지 전혀 개의치 않고 연속해서 다섯 번 부딪치고는 힘껏 밀어붙여 아Q가 여섯 자 남짓 멀리 나가떨어지자 비로소 만족해서 가버렸다.

16 아Q의 기억에 이것은 아마 난생 처음 당한 굴욕이었다. 왕털보는 구레나룻 수염이 난 결함 때문에 이제까지 아Q에게 놀림을 당해 왔을 뿐 아Q를 놀린 적은 없고 더욱이 손찌검은 말할 나위도 없었기 때문이다. 그런데 그가 이제 결국 손찌검을 하다니, 정말 뜻밖의 일이다. 설마 세간의 소문처럼 황제가 이미 과거를 없애 버려 수재나 거인(擧人)⁸⁾이 필요 없게 되었기 때문에 짜오씨 집 위풍이 떨어졌다고 자기까지 무시하는 것은 아니겠지?

아Q는 어떻게 해야 할 바를 모르고 서 있었다.

멀리서 한 사람이 다가왔다. 그의 적수가 또 나타났다. 이 역시 아Q가 가장 미워하는 사람으로, 바로 치엔(錢) 대감의 큰아들이었다. 그는 이전에 성안에 있는 서양학당에 들어갔었고, 무슨 까닭에선지 다시 일본으로 가더니 반년 뒤에 그가 집에 돌아왔을 때는 다리도 곧아지고 변발도 보이지 않았으며, 그의 어머니는 열 몇 차례나 크게 울었고 그의 아내는 세 번이나 우물에 뛰어들었다. 나중에 그의 어머니는 가는 곳마다 이렇게 말했다. "그 변발은 나쁜 사람이 술을 먹여서 잘라 간 거래요. 원래 큰 벼슬을 할 수가 있었는데 이젠 머리 자라기를 기다리는 수밖에 없어요." 그러나 아Q는 믿으려 하지 않고 일부러 그를 '가짜 양놈'이라고 부르고 '외국과 내통하는 사람'이라고도 불렀으며, 그를 만나면 반드시 속으로 몰래 저주했던 것이다.

아Q가 특히 '증오하고 통탄한' 것은 그의 변발이다. 변발이 가짜여서는 사람될 자격이 없는 것이고, 그의 아내가 네 번째 우물에 뛰어들지 않은 것으로 보아 아내 역시 좋은 여자는 아니라는 것이다.

17

이 '가짜 양놈'이 다가왔다.

"대머리. 노새……." 아Q가 여태까지 원래 속으로만 욕하고 소리를 내지는 않았으나, 이번에는 마침 화가 났고 앙갚음을 하려던 참이어서 저도 모르게 작은 소리가 나와버렸다.

뜻밖에 이 대머리는 누런 칠을 한 지팡이 —— 즉 아Q가 말하는 곡상봉(哭喪棒)[9] —— 를 들고 성큼성큼 걸어왔다. 아Q는 그 순간 아마 얻어맞게 될 것이라는 것을 알고 얼른 전신의 근육을 움츠리고 어깨를 치올리고서 기다리자, 과연 딱 하는 소리가 정말로 자기 머리 위를 때린 것 같았다.

"나는 저 아이를 말했는데!" 아Q는 근처에 있는 한 아이를 가리키며 변명했다.

딱! 따닥!

아Q의 기억에 이것은 난생 두 번째로 당한 굴욕이었다. 다행히 딱딱 하는 소리가 나고 나서는 그에게 한 가지 일이 끝난 듯싶어 오히려 마음이 놓이고, 또한 '망각'이라는 조상 전래의 보배도 효력을 발휘하여 그가 천천히 걸어 술집 문 앞에 닿을 무렵에는 벌써 웬만큼 기분이 좋아져 있었다.

18 그런데 맞은편에서 정수암(靜修庵)의 젊은 여승이 걸어왔다. 아Q는 평상시에도 그녀를 보면 꼭 욕을 해댔는데 더욱이 굴욕을 당한 후에랴? 그는 그래서 기억을 되살려내고 또 적개심을 불러일으켰다.

'내가 오늘 어째서 재수가 없는지 몰랐는데 바로 널 만나려고 그랬구나!' 하고 그는 생각했다.

그는 앞으로 나가 큰 소리로 침을 탁 뱉었다.

"카악, 퉤!"

19 젊은 여승은 거들떠보지도 않고 고개를 숙인 채 걸어만 갔다. 아Q는 여승 가까이 가서 불쑥 손을 내밀어 그녀의 방금 깎은 머리를 쓰다듬고는 바보스레 웃으며 말했다.

"까까머리야! 빨리 돌아가라. 중놈이 널 기다리고 있으니······."

"너 어째서 함부로 손발을 놀리느냐······." 여승은 얼굴이 온통 빨개져 말하면서 빨리 걸어갔다.

술집 안에 있는 사람들이 큰 소리로 웃었다. 아Q는 자기의 공적이 인정받은 것을 보고 더욱더 신바람이 났다.

"중놈은 집적거려도 되고 나는 안 되나?" 그는 여승의 볼을 꼬집었다.

술집 안에 있는 사람들이 더 큰 소리로 웃었다. 아Q는 더욱 득의만만하여 구경꾼들을 만족시켜 주기 위해서 다시 한 번 힘껏 비틀고는 손을 놓았다.

20 그는 이 한바탕 싸움으로 벌써 왕털보를 잊어버렸고 가짜 양놈도 잊어버려 오늘의 모든 '재수 없는 것'들에 대해서 완전히 앙갚음을 한 것 같았다. 더욱이 이상하게도 온몸이 따따 하고 얻이맞은 뒤에 더욱 마음이 가벼워지고 훨훨 날아갈 것 같았다.

"이 자손이 끊길 아Q놈아!" 멀리서 젊은 여승의 울음 섞인 소리가 들려왔다.

"하하하!" 아Q는 아주 흡족하게 웃어댔다.

"하하하!" 술집 안에 있는 사람들도 아주 만족한 듯 웃었다.

제 4 장 사랑의 비극

21   어떤 사람은 승리자란 적이 호랑이 같고 매 같아야만 비로소 승리의 환희를 느끼고, 만약 양 같고 병아리 같으면 도리어 승리의 무료함을 느낀다고 하였다. 또 어떤 승리자는 일체를 극복하고 난 뒤에 죽을 사람은 죽고 항복할 사람은 항복하고서, "이 몸은 진실로 황공하옵고 죽을 죄를 지었나이다"라고 하는 것을 듣게 되면, 그는 적도 없고 상대도 없고 친구도 없게 되어 오로지 자기만이 윗자리에 있어 혼자 외로이 처량하고 쓸쓸해져 도리어 승리의 비애를 느끼게 된다고 한다. 그러나 우리의 아Q는 이렇게 모자라지 않아 영원히 득의만만하였다. 이는 어쩌면 중국의 정신문명이 전 세계에서 으뜸이라는 한 증거일지도 모른다.

보라, 그는 마치 훨훨 날아갈 것 같지 않은가!

하지만 이번의 승리는 그를 조금 이상하게 만들었다. 그는 반나절 이상이나 훨훨 날아 쏘다니다가 토곡사에 들어가 전 같으면 드러눕자 곧 코를 골았어야 했다. 그러나, 이날 밤 그는 눈을 붙이기가 쉽지 않았고 자기 엄지손가락과 둘째손가락이 좀 이상하게 느껴졌다. 여느 때에 비해 약간 매끈거리는 것 같았다. 젊은 여승의 얼굴에 무언가 매끄러운 것이 그의 손가락에 묻어서 그러는 건지, 아니면 그의 손가락을 젊은 여승의 얼굴에 매끈매끈해지도록 문질러서 그런지……

"자손이 끊길 아Q놈!"

아Q의 귀에 또 이 말이 들려왔다. 그는 생각했다. 그래, 여자가 있어야겠다. 자손이 끊기면 한 그릇 밥도 공양 받지 못할 테니……. 여자가 있어야겠다. 무릇 '불효에 세 가지가 있는데 자식 없는 것이 가장 큰 불효다' 하고 또 '약오(若敖)씨의 귀신이 굶었다'[10]고 했는데, 이것은 역시 인생의 크나큰 비애이므로 그의 생각

은 실상 하나하나 다 성현의 말씀에 부합되는 것이었다. 다만 유감스런 것은 나중에 다 '방심한 것을 수습하지 못한 것'이다.

'여자! 여자!' 그는 생각했다.

'…… 중놈이 집적대는 …… 여자, 여자! …… 여자!' 그는 거듭 생각했다.

22

우리는 이날 밤 아Q가 언제쯤 코를 골았는지 알 수가 없다. 그러나 아마 그는 이때부터 늘 손가락이 좀 매끈거림을 느꼈고, 그래서 그는 이때부터 항상 좀 들떠서, '여자……' 하고 생각하였다. 이 한 가지 일로 우리는 여자란 사람을 해치는 것임을 알 수 있다. 중국의 남자는 거의 다 성현이 될 수 있었으나 애석하게도 모두 여자 때문에 망해버렸다. 상(商)나라는 달기(妲己)가 멸망시킨 것이고, 주(周)나라는 포사(褒姒)가 망쳐버린 것이며, 진(秦)나라는……, 비록 역사에 밝혀진 글은 없지만 우리가 그것도 여자 때문이라고 가정해도 아마 아주 잘못되지는 않았을 것이다. 그리고 동탁(董卓)은 확실히 초선(貂蟬)에게 살해되었다.

아Q도 본래는 바른 사람이다. 우리는 비록 그가 일찍이 어느 훌륭한 스승의 가르침을 받았는지는 모르지만, 그는 '남녀간에 크게 경계할 점'에 대해서 일찍부터 지극히 엄격했고, 또한 이단(異端) —— 즉 젊은 여승이나 가짜 양놈 같은 무리 —— 을 배척하는 정의감도 제법 가지고 있었다. 그의 학설은, 무릇 여승은 반드시 중과 사통하고, 여자가 혼자 밖에 나다니는 것은 필시 외간남자를 유인하려는 것이며, 한 남자 한 여자가 이야기를 하고 있으면 어김없이 수상쩍은 일이 있다는 것이다. 그들을 응징하려고 그는 이따금 성난 눈으로 쏘아보고, 혹은 큰 소리로 '마음 찔리는' 말을 하기도 하고, 혹은 으슥한 곳에서는 뒤에서 작은 돌을 던지기도 하였다.

그런 그가 '서른 살'에 가까워져서야 마침내 젊은 여승에게 해를 입어 들뜰 줄

누가 알았는가. 이 들뜬 마음은 예교상(禮敎上) 있을 수 없는 것 —— 그러기에 여자란 참으로 나쁜 것이다. 만약 젊은 여승의 얼굴이 매끈거리지 않았다면 아Q가 홀리시는 않았을 것이고, 또 만약 젊은 여승의 얼굴이 천으로 가려져 있었더라면 아Q가 그토록 홀리지는 않았을 것이다. —— 그는 오륙 년 전 연극무대 아래 사람들 틈에서 한 여자의 허벅지를 꼬집은 적이 있었으나, 한 겹의 바지가 있었기 때문에 이후에도 결코 들뜨지는 않았다. —— 그러나 젊은 여승은 그렇지가 않으니, 이것으로도 이단의 악함을 충분히 알 수 있다.

'여자······.' 아Q는 생각했다.

그는 '필시 외간남자를 유인하려는' 것이라고 생각되는 여자에 대해서는 언제나 유의해서 보았으나, 그녀들은 결코 그를 보고 웃지 않았다. 그는 자기와 이야기를 하는 여자에 대해서도 언제나 유의해서 들었지만, 무슨 수상쩍은 말을 결코 걸어오지 않았다. 아, 이 역시 여자들의 악한 일면이다. 그녀들은 모두 다 '얌전한 체' 하고자 하는 것이다.

23

이날 아Q는 짜오 대감 집에서 하루 종일 방아를 찧고 저녁을 먹고 나서 부엌에 앉아 담배를 피우고 있었다. 다른 집 같으면 저녁을 먹고 나면 돌아가도 되었지만, 짜오 대감 댁에서는 저녁밥이 일렀고 보통 때는 등불을 켜지 못하게 하고 저녁을 다 먹고 나면 이내 잠자게 마련이었다. 하지만 어쩌다가 예외가 있었다. 그 하나는 짜오 나리가 아직 수재에 합격하지 않았을 때 등불을 켜고 글 읽는 것을 허락한 것이었고, 그 다음은 바로 아Q가 날품으로 일을 할 때 등불을 켜고 방아 찧는 것을 허락한 것이었다. 이 예외 때문에 아Q는 방아를 찧기 전에 부엌에 앉아 담배를 피우고 있었다.

우(吳) 아줌마는 짜오 대감 집의 유일한 여자 종으로, 설거지를 마치고 의자에 앉아서 아Q와 한담을 했다.

"마나님이 이틀이나 진지를 안 드셨어요. 대감님이 첩을 하나 사들이려고 해서……."

'여자……, 우 아줌마……, 이 젊은 과부…….' 아 Q는 생각했다.

"우리 젊은 마나님은 팔월에 아기를 낳으셔요……."

'여자…….' 아Q는 생각했다.

24

아Q는 담뱃대를 놓고 일어섰다.

"우리 젊은 마님은……." 우 아줌마는 여전히 떠들어댔다.

"나하고 당신하고 같이 잡시다. 같이 자요!" 아Q는 갑자기 다가가 그녀를 향해 무릎을 꿇었다.

한순간 정적이 흘렀다.

"어머나!" 우 아줌마는 한동안 어리둥절하였다가 갑자기 몸을 떨며 큰 소리를 지르면서 밖으로 뛰어나갔다. 뛰면서 소리를 지르고 나중에는 울먹이는 듯했다.

아Q는 벽을 향해 멍하니 꿇어앉아 있다가 두 손으로 빈 의자를 짚고 천천히 일어서서는 좀 잘못됐다고 느끼는 것 같았다. 그는 이때 확실히 불안했다. 허둥지둥 담뱃대를 바지춤에 꽂고 방아를 찧으러 가려고 했다. 퍽 하는 소리와 함께 굵직한 것으로 머리를 한 대 얻어맞고 급히 몸을 돌려 보니 수재가 큼직한 대몽둥이를 들고 앞에 서 있었다.

"못된 놈……, 너 이놈……."

큼직한 대몽둥이가 그를 향하여 내려쳐졌다. 아Q가 두 손으로 머리를 감싸자 딱 하면서 바로 손가락 마디를 때려서, 이번에는 몹시 아팠다. 그는 부엌문에서 뛰어나오다가 등을 또 한번 얻어맞은 것 같았다.

25 "배은망덕한 녀석." 수재는 뒤에서 표준말로 이렇게 욕했다. 아Q는 방앗간으로 뛰어들어가 혼자서 있자니 여전히 손가락이 아프고 "배은망덕한 녀석"이라고 한 말이 떠올랐다. 이런 말은 웨이쯩의 시골뜨기들은 여태까지 사용하지 않았고 오직 관청 출입하는 지체 높은 사람들만이 사용하는 것이어서 유달리 두렵고 인상도 각별히 깊었다. 그러나 이때 그의 '여자……'라는 생각도 사라져버렸다. 더욱이 욕을 먹고 나니 마치 한 가지 일이 이미 끝난 것 같아 도리어 홀가분해져 이내 방아 찧기를 시작했다. 한동안 찧고 나자 그는 더워서 일손을 멈추고 옷을 벗었다.

옷을 벗었을 때 그는 밖에서 떠들썩하는 소리를 들었다. 아Q는 천성적으로 떠들썩한 구경거리를 좋아해서 곧 소리 나는 곳을 찾아 나갔다. 소리 나는 곳을 찾다보니 짜오 대감네 안뜰까지 들어갔다. 어둑어둑할 무렵이기는 했지만 많은 사람의 모습을 분별할 수 있었다. 이틀이나 밥을 먹으려 하지 않은 짜오씨 댁 마나님까지 그 안에 끼어 있고, 이웃집의 쪼우치(鄒七) 댁이랑 진짜 일가인 짜오빠이엔(趙白眼), 짜오쓰천(趙司晨)도 있었다.

젊은 마님이 마침 우 아줌마를 잡아끌고 하인방에서 나오며 말을 했다.

"밖으로 나오게……. 제 방에 숨어서 엉뚱한 생각하지 말고……."

"자네 행실이 바르다는 걸 누가 모르나……. 절대로 소견이 좁은 짓을 해서는 안 되네." 쪼우치 댁도 옆에서 말을 거들었다.

우 아줌마는 그저 울면서 간간이 말을 하나 분명히 알아들을 수 없었다. 아Q는 생각했다. '흥, 재미있군. 저 젊은 과부가 무슨 쓸데없는 짓을 저질렀을까?' 그는 물어보고 싶어 짜오쓰천 곁으로 다가갔다. 이때 그는 갑자기 짜오 대감이 자기를 향해 쫓아오고 더욱이 손에 큼직한 몽둥이를 들고 있는 것을 보았다. 그는 이 큼직한 대몽둥이를 보자 자기가 아까 얻어맞은 것과 이 소동이 관련 있는 것 같은 생각이 얼른 들었다. 그는 몸을 날려 달아나 방앗간으로 도망치려 하였으나 뜻밖에 이 대몽둥이가 그의 길을 가로막았다. 그래서 그는 다시 몸을 돌려 달아나 저

도 모르게 뒷문으로 빠져 나와 눈 깜짝할 사이에 이미 토곡사에 와 있었다.

26

아Q가 한참 앉아 있으니 피부에 소름이 끼치고 한기를 느꼈다. 봄이지만 밤에는 아직도 추웠기 때문에 웃통을 벗고 있기에는 아직 무리였다. 그는 베적삼을 짜오씨 집에 두고 온 것을 생각했으나, 가지러 가자니 또 수재의 대몽둥이가 몹시 두려웠다. 그러고 있는데 지보(地保)가 들어왔다.

"아Q, 너 임마! 짜오씨 집 하인까지 희롱했다지, 이 역적 같은 놈아. 덕분에 난 밤에 잠도 못자고 이 망할 놈아!……"

이렇게 이러쿵저러쿵 한바탕 훈계를 했으나 아Q는 아무 말이 없었다. 결국 밤이라서 지보에게 술값을 곱으로 4백 문을 주어야 했지만, 아Q는 마침 현금이 없어 털모자를 저당 잡히고, 또한 다섯 가지 조항의 약정을 하였다.

1. 내일 붉은 초 – 무게 한 근짜리 – 한 쌍과 향 한 봉지를 가지고 짜오씨 댁에 가 사죄한다.
2. 짜오씨 댁에서 도사를 불러 목매달아 죽은 귀신을 쫓는 굿을 하는데, 비용을 아Q가 부담한다.
3. 아Q는 앞으로 짜오씨 댁 출입을 금한다.
4. 우 아줌마에게 차후에라도 만약 뜻하지 않은 일이 생기면 아Q가 책임을 진다.
5. 아Q는 품삯과 베적삼을 찾으러 가지 못한다.

아Q는 물론 그러겠다고 하였으나 유감스럽게도 돈이 없었다. 다행히 이미 봄이 되어 솜이불이 없어도 되므로 2천 문에 저당 잡혀 약조를 이행했다. 웃통을 벗은 채 머리를 조아려 사죄한 뒤에도 뜻밖에 몇 문이 남았으나 그는 털모자를 찾지도 않고 몽땅 술을 마셔버렸다. 그런데 짜오씨 집에서도 향을 피우지도 초를 켜지도 않았다. 마나님이 불공드릴 때 쓸 수 있도록 남겨 두었기 때문이다. 그 헤진 베적삼의 대부분으로는 젊은 마님이 팔월에 낳을 아이의 기저귀를 만들었고, 그 나머지 조각들은 우 아줌마의 신발 밑창이 되었다.

제 5 장 생계 문제

27 아Q는 사죄의 절차를 마치고 전처럼 토곡사로 돌아왔는데 해가 지자 점점 세상이 좀 이상하게 느껴졌다. 그는 곰곰이 생각해보고서야 마침내 그 원인이 대략 자기가 벌거벗고 있기 때문이란 것을 깨닫게 되었다. 그는 떨어진 겹옷이 아직도 남아 있다는 것을 기억하고 그것을 몸에 걸치고는 쓰러져 누웠다. 다시 눈을 떴을 때 태양이 벌써 서쪽 담장 위를 비추고 있었다. 그는 몸을 일으켜 앉으면서 투덜거렸다.

"빌어먹을……"

그는 일어나자 여전히 거리를 쏘다녔다. 웃통을 벗었을 때처럼 살갗을 에는 듯한 아픔은 없었지만 점점 세상이 이상야릇하다는 느낌이 들었다. 이날부터 웨이쫭의 여자들은 갑작스레 부끄럼을 타게 되었는지, 그녀들은 아Q를 보기만 하면 저마다 문 안으로 숨었다. 심지어 쉰 살 가까운 쪼우치(鄒七) 아줌마조차도 다른 사람들을 따라 허겁지겁 숨을 뿐만 아니라 열한 살 난 딸까지 불러들였다. 아Q는 매우 기이하게 여기며 속으로 생각했다.

'이것들이 갑자기 아가씨 흉내를 배웠나. 이 화냥년들이…….'

그러나 그가 더욱 세상이 이상해졌다고 느낀 것은 여러 날 이후였다. 첫째는 술집에서 외상을 주려고 하지 않았고, 둘째는 토곡사를 관리하는 늙은이가 쓸데없는 말을 하여 그를 내쫓으려는 것 같았으며, 셋째는 몇 날이나 되었는지 뚜렷이 기억할 수 없지만 분명히 여러 날 동안 아무도 그에게 날품을 부탁하러 오지 않았다. 술집에서 외상을 안 주는 것은 참으면 그만이고, 늙은이가 그를 내쫓으려 해봤자 한바탕 투덜대고 나면 그뿐이지만, 아무도 그에게 날품을 부탁하러 오지 않은 것만은 아Q의 배를 곯게 하였다. 이거야말로 확실히 하나의 아주 '빌어먹을' 일이었다.

28 아Q는 참을 수가 없어서 단골집들을 찾아가 물어 볼 수밖에 없었다. —— 짜오씨 댁만은 출입이 금지되어 있었지만 —— 그러나 사태는 달라져 있었다. 반드시 남자가 나와서 몹시 귀찮다는 태도로 마치 거지에게 대답하듯 손을 내저으며 말했다.

"없어. 없어! 나가!"

아Q는 그럴수록 더 이상하게 느껴졌다. 그가 생각하기에, 이들 집에서는 여태까지 도와줄 일이 없는 적이 없었고, 이제 와서 갑자기 일이 없어졌을 리가 없는데, 여기에는 필시 곡절이 있을 것임에 틀림없었다. 그는 주의해서 알아보고서야 비로소 그들은 일이 있으면 모두 샤오D에게 시키고 있음을 알았다. 이 샤오D는 가난뱅이놈으로 말라빠지고 힘도 없어 아Q의 눈에는 왕털보보다도 못한 놈인데 뜻밖에도 이 녀석이 그의 밥줄을 끊어 놓을 줄이야. 그래서 아Q의 이번 분노는 여느 때와 달라 분통이 터져, 걸어갈 때 별안간 손을 치켜들고서 노래를 불렀다.

"내 손에 쇠채찍 잡고 네 놈을 치리라! ……"[11]

며칠 뒤 그는 마침내 치엔씨 댁 문간 담장 앞에서 샤오D와 마주쳤다. '원수는 멀리서도 한눈에 알아본다.' 아Q는 즉시 마주 다가서고 샤오D도 우뚝 섰다.

29 "짐승 같은 놈!" 아Q는 성난 눈으로 보면서 입가에 거품을 튀기며 말했다.

"난 버러지야. 됐지? ……" 샤오D가 말했다.

이런 겸손은 도리어 아Q를 더욱 화나게 했지만, 그의 손에 쇠채찍이 없어 그냥 덤벼들어 샤오D의 변발을 잡고 끌어당겼다. 샤오D는 한 손으로 자기 변발 밑동을 움켜쥐고 한 손으로는 아Q의 변발을 잡아당겨, 아Q도 이내 비어 있는 한쪽 손으로 자기의 변발 밑동을 움켜쥐었다. 예전의 아Q로 치면 샤오D는 왕래 상대도 안 되는 것이었지만, 그가 요즈음에는 배를 곯아 샤오D와 마찬가지로 마르고

약해져서, 힘이 백중한 상태를 이루어 네 개의 손이 두 개의 머리를 잡아당기고 모두 허리를 구부려 치엔씨 집의 흰 벽에 하나의 남빛 무지개를 그려냈다. 그러길 반시간이나 되도록 오래 끌었다.

"됐다, 됐어!" 구경꾼들이 말했다. 아마도 말리려는 것 같았다.

"좋아, 좋아!" 구경꾼들이 말했다. 말리는 건지 칭찬하는 건지 아니면 부채질하는 건지 알 수가 없었다.

그러나 그들은 듣지 않았다. 아Q가 세 발짝 밀고 나가면 샤오D가 세 발짝 물러나 둘 다 서 있고, 샤오D가 세 발짝 밀고 나가면 아Q가 세 발짝 물러나 둘 다 서 있었다. 대략 반시간쯤 —— 웨이쫭에는 자명종이 드물어 말하기 어렵지만 어쩌면 20분쯤 —— 되어 그들의 머리에 김이 솟아오르고 이마에서 땀이 흘러내렸다. 아Q의 손이 느슨해지자 같은 순간에 샤오D의 손도 느슨해지고, 동시에 몸을 세우고 똑같이 물러나 사람들 틈을 비집고 나갔다.

"두고 보자. 이 빌어먹을 놈……" 아Q가 고개를 돌려 말했다.

"개새끼, 두고 보자……" 샤오D도 고개를 돌리고 말했다.

이 한바탕 '용호(龍虎)의 싸움'은 승패가 없는 것 같았고, 구경꾼들은 만족했는지 알 수 없으나 아무런 말도 하지 않았다. 그러나 여전히 아무도 아Q에게 날품을 부탁하러 오지 않았다.

30

따뜻하고 미풍이 산들산들 불어 제법 여름 기분이 드는 날이었는데 아Q는 추위를 느꼈다. 그러나 이것은 견딜 만했는데 가장 견딜 수 없는 것은 배고픈 것이었다. 솜이불·털모자·베적삼은 벌써 없어졌고, 그 다음으로 솜옷도 팔아버렸다. 이젠 바지만 남아 도저히 벗을 수가 없고, 떨어진 겹옷이 있으나 남에게 주어 신창이나 만들게 하면 했지, 팔아서 돈이 될 만한 것이 결코 아니었다. 그는 일찍이 길에서 돈이라도 한 무더기 주웠으

면 했으나, 지금까지 눈에 띄지 않았다. 그는 자기의 찌그러진 방 안에서 '느닷없이 돈을 한 무더기 찾아냈으면 해서 황망히 사방을 둘러봤지만', 방 안은 텅 비어 훤할 뿐이었다. 그래서 그는 밖으로 나가 먹을 것을 구해보기로 작정했다.

그는 길을 걸으면서 '먹을 것을 구하려고' 하였는데, 낯익은 술집이 보이고 낯익은 만두도 눈에 띄었으나 그는 모두 지나쳐버렸다. 잠시도 멈추지 않았을뿐더러 원하지도 않았다. 그가 구하는 것은 이런 것이 아니었다. 그가 구하는 것이 무엇인지 자기 자신도 알지 못했다.

웨이쫭은 본래 큰 마을이 아니어서 짧은 시간에 다 지나와버렸다. 마을 밖은 거의 논이고 갓 모를 내어 파릇파릇하고, 군데군데 끼어 둥글게 움직이고 있는 검은 점은 논을 매는 농부들이었다. 아Q는 이 농가의 즐거움을 전혀 감상하지 않고 오로지 걷기만 했다. 이런 것들은 '먹을 것을 구하는 길'과는 요원한 것임을 직감적으로 알았기 때문이다. 그런데 그는 마침내 정수암 담장 밖까지 걸어오게 되었다.

암자 주변은 논이고, 신록 사이에 흰 담장이 불쑥 솟아 있으며 뒤쪽의 얕은 토담 안은 채소밭이었다. 아Q는 잠시 망설이다가 사방을 한번 둘러보니 아무도 없었다. 그는 이 얕은 담을 기어올라 새박뿌리 덩굴을 붙잡고 있는데 흙담은 계속해서 와르르 떨어져 내리고 아Q의 다리 또한 후들후들 떨렸으나, 마침내 뽕나무 가지를 타고 안으로 뛰어내렸다. 안은 정말 울창하였지만 술이나 만두 그리고 이 밖에 먹을 만한 것은 없는 것 같았다. 서쪽 담장 가까이에는 대나무 숲이 있어 밑바닥에 죽순이 많이 있지만 아깝게도 삶아 익힌 것이 아니고, 또 유채(油菜)는 벌써 씨가 들었고 갓은 이미 꽃이 피었으며 배추도 너무 쇠어버렸다.

31

아Q는 문동(文童)이 낙제한 것처럼 몹시 억울한 느낌이 들어 천천히 채소밭 입구 쪽으로 걸어갔다가 갑자기 깜짝 놀라며 기뻐했다. 이것은 분명히 한 두둑의 무밭이었다. 그는 그 자리에 앉아 무를 뽑았는데, 문 쪽에서 돌연 아주 동그란 머리가 하나 내밀었다가 바로 움츠러 들어갔다. 이건 틀림없이 젊은 여승이다. 젊은 여승 따위는 아Q가 본래 초개같이 여겼지만, 세상일이란 '한 걸음 물러서서 생각해야' 하므로 그는 서둘러 무 네 개를 뽑아 푸른 잎사귀를 비틀어 뜯어내고 품속으로 싸 넣었다. 그러나 늙은 여승이 이미 나와 있었다.

"나무아미타불. 아Q, 너 어째서 밭에 뛰어들어와 무를 훔치냐! ……. 아하, 죄를 범하다니, 아아, 나무아미타불! ……."

"내가 언제 당신 밭에 뛰어들어 무를 훔쳤어?" 아Q는 쳐다보고 도망치면서 말했다.

"지금……, 이게 아니냐?" 늙은 여승은 그의 옷섶을 가리키고 있었다.

"이게 당신 거야? 당신은 무더러 당신 거라고 대답하게 할 수 있어? 당신……."

아Q는 말을 끝내지도 않고 발을 빼어 도망쳤다. 쫓아오는 것은 무척 살찐 큰 검정개였다. 이 개는 원래 앞문에 있었는데 어떻게 해서 후원에 왔는지 알 수가 없었다. 검정개는 컹컹 짖으며 쫓아와 아Q의 다리를 막 물려고 했다. 다행히 옷섶에서 무 한 개가 떨어져 그 개가 깜짝 놀라 잠시 주춤하는 사이에 아Q는 벌써 뽕나무로 기어올라 흙담을 넘어갔고, 사람과 무가 함께 담장 밖으로 굴러 떨어졌다. 검정개가 여전히 뽕나무를 향해 짖어대고 늙은 여승은 염불을 외고 있었다.

아Q는 여승이 또 검정개를 풀어 놓지나 않을까 두려워 무를 주워 가지고 도망가며 길가에서 작은 돌을 몇 개 집어 들었으나 검정개는 다시 나타나지 않았다. 아Q는 그래서 돌을 버리고 걸으면서 무를 먹었고, 생각에 빠지기 시작했다. 이곳에도 찾아볼 만한 물건이 아무것도 없어 성안으로 가는 것보다 못하다고…….

무 세 개를 다 먹었을 때 그는 이미 성안으로 들어갈 작정을 하였다.

제 6 장 중흥에서 말로까지

32 웨이쫭에 아Q가 다시 나타난 것은 이 해 추석이 막 지난 때였다. 사람들은 모두 놀라 아Q가 돌아왔다고 말했고, 그래서 지난 일을 회상하며 그가 여태까지 어디에 가 있었을까 하고 말했다. 아Q가 전에 몇 차례 성안에 갔을 때는 대개 먼저 신바람이 나서 사람들에게 떠들어대곤 했는데, 이번에는 전혀 그러질 않았기 때문에 아무도 관심을 두지 않았다. 그가 혹 토곡사를 관리하는 노인에게 말했을지 모르겠으나, 웨이쫭의 통례로는 짜오 대감과 치엔 대감 그리고 수재 나리가 성안에 가야만이 비로소 하나의 사건으로 쳤다. 가짜 양놈조차도 아직 끼지 못하는데 하물며 아Q 따위야. 이래서 노인도 그를 위해서 선전을 안 했으니, 웨이쫭 사회에서도 알 길이 없었던 것이다.

그러나 아Q가 이번에 돌아온 것은 예전과 크게 달라 확실히 놀랄 만한 일이었다. 날이 저물 무렵 그는 게슴츠레한 눈으로 술집에 나타나, 계산대 가까이 걸어가 허리춤에서 은전과 동전을 꺼내 계산대 위로 던지며 말했다. "현금이야! 술 가져와!" 입은 것은 새 겹옷이고, 보아하니 허리춤에는 큼직한 전대도 하나 차고 있는데 묵직해서 허리띠가 둥그렇게 축 늘어져 있었다. 웨이쫭의 관례가 다소 남의 눈길을 끄는 인물을 보면 무시하기보다는 차라리 존경하게 마련인데, 이번에는 비록 아Q라는 것을 분명히 알고 있지만 떨어진 겹옷을 입었던 아Q와는 어딘가 달랐고 옛 사람의 말에 '선비란 헤어져 사흘이면 괄목상대해야 한다'[12]고 했기 때문에 점원·주인·술꾼·행인 모두가 의아해하면서 경의의 태도를 보였다. 주인은 먼저 고개를 끄덕끄덕하고는 이어서 말을 걸었다.

"오, 아Q 자네 돌아왔군!"

"돌아왔어."

"돈 벌었군. 자네 —— 어디서 ……."
"성안에 갔었어!"

33 이 소식이 이튿날 당장 온 웨이쫭에 퍼졌다. 사람마다 현금과 새 겹옷을 입은 아Q의 중흥사(中興史)를 알고 싶어서, 술집에서, 찻집에서, 묘당의 처마 밑에서 조금씩 탐지해보았다. 이 결과 아Q는 새로운 경외(敬畏)를 받게 된 것이었다.

아Q의 말에 의하면, 그는 거인(擧人) 영감 집에서 일을 거들어주었다고 한다. 이 한마디에 듣던 사람이 모두 숙연해졌다. 이 영감은 본래 성이 빠이(白)씨지만 성안에 거인이라곤 그 사람 하나뿐이어서 성씨를 위에다 붙일 필요 없이 그저 거인이라고 하면 바로 그를 가리킨다. 이것은 비단 웨이쫭에서만 그렇게 통할 뿐 아니라 백 리 사방 안에서는 어디서나 다 그러했고, 사람들은 대부분 그의 성명이 바로 기인 영감인 줄로 알고 있다. 이분 집에서 일을 거들어주었다는 것은 물론 존경할 만한 일이었다. 그러나 또 아Q의 말에 따르면, 더 이상 일을 거들어주기가 싫어졌다고 하였다. 왜냐하면 이 거인 영감이 실제로는 너무 '개 같은 놈'이기 때문이란다. 이 한마디에 듣던 사람들은 모두 탄식하면서도 통쾌해했다. 왜냐하면 아Q가 애당초 거인 영감 집에서 일을 거든다는 게 어울리지 않았지만, 그러나 일을 거들지 않게 된 것은 아까운 일이었기 때문이다.

34

아Q의 말에 의하면, 그가 돌아온 것은 성안 사람들에 대한 불만 때문인 것 같았는데, 그것은 바로 그들이 창떵(長凳)을 탸오떵(條凳)이라 부르고 생선 튀김하는 데에 채로 썬 파를 쓰며, 저기다 최근에 관찰해서 알게 된 결점은 여자가 길을 걸을 때 몸을 꼬는 꼴이 좋지 않다는 것이었다. 그러나 더러는 크게 감탄할 만한 점도 있는데, 예를 들어 웨이쫭의 촌놈들은 고작해야 서른 두 짝짜리 대나무 골패밖에 할 줄 모르고, 가짜 양놈만이 '마작'을 할 줄 알지만 성안에는 조무래기들까지도 아주 익숙하게 마작을 한다는 것이다. 가짜 양놈 따위는 성안의 열댓 살 난 조무래기 손에만 걸려도 당장에 '염라대왕 앞에 선 하찮은 귀신' 꼴이 되고 만다는 것이었다. 이 한마디에 듣던 사람들이 모두 얼굴을 붉혔다.

"자네들 사람 목 자르는 것 본 적이 있어?" 아Q가 말했다. "허, 볼 만하지. 혁명당을 죽이는 거야. 아, 볼 만하지 볼만해……."

그는 머리를 흔들며 바로 맞은편에 있는 짜오쓰천(趙司晨)의 얼굴에 침을 튀겼다. 이 한마디에 사람들이 모두 섬뜩해졌다. 그러나 아Q는 또 사방을 한번 둘러보더니 느닷없이 오른손을 치켜들어, 목을 길게 빼고서 정신없이 듣고 있던 왕털보의 목덜미 움푹 팬 곳을 똑바로 내려치면서 소리쳤다.

"싹둑!"

왕털보는 놀라 펄쩍 뛰고 동시에 번개처럼 재빨리 머리를 움츠렸다. 듣던 사람들은 모두 무섭기도 하고 즐겁기도 했다. 이후 왕털보는 여러 날 동안 머리가 멍하니 아프고 다시는 감히 아Q 가까이 얼씬도 하지 못했다. 다른 사람들도 마찬가지였다.

이때 웨이쫭 사람들의 눈에 나타난 아Q의 지위가 비록 짜오 대감을 능가했다고는 감히 말할 수 없었지만 비슷하다고 말해도 아마 잘못된 말은 아니었을 것이다.

35

이와 같이 하여 아Q의 명성은 갑자기 온 웨이쫭의 규중까지 퍼졌다. 웨이쫭에는 치엔과 짜오 두 성씨만이 큰 저택이고 이밖에 십중팔구는 모두 다 하찮은 집들이지만 그래도 규중은 어쨌든 규중이니까 역시 신기한 일이라 할 수 있다. 여자들은 만나기만 하면 반드시 수군거렸다. 쪼우치 댁이 아Q한테서 남색 비단 치마를 하나 샀는데 물론 낡기는 했지만 단돈 구십 전을 냈고, 그리고 짜오빠이엔의 모친 —— 일설에는 짜오쓰천의 모친, 고증을 요함 —— 도 아이가 입을 새빨간 양사 저고리를 한 벌 샀는데 7할 정도 새것을 삼십 전도 안 되게 주었다고 했다. 그래서 여자들은 누구나 눈이 빠지게 아Q를 만나고 싶어 하고, 비단 치마가 없는 사람은 비단 치마를 사고 싶어 하고, 양사 저고리가 필요한 사람은 양사 저고리를 사고 싶어 해, 만나도 피해 도망가지 않을뿐더러 어떤 때는 아Q가 이미 지나쳐 가버렸는데도 뒤쫓아가 그를 불러놓고 물었다.

"아Q, 비단 치마 또 있나요? 없나요? 양사 저고리가 필요한데, 있나요?"

마침내 이 소문은 여염집 아낙네들로부터 대갓집 부인네들에게까지 퍼져 갔다. 그것은 쪼우치 댁이 너무나 좋아한 나머지 그가 산 비단 치마를 짜오 마나님께 보여드렸고 짜오 마나님은 또 짜오 대감에게 이야기하며 훌륭하더라고 분명 칭찬을 했기 때문이다. 짜오 대감은 바로 저녁 상머리에서 수재 나리와 토론한 끝에, 아Q는 사실 어딘가 수상쩍은 데가 있으니 우리가 문단속에 좀더 유의해야겠다고 생각했다. 그러나 그의 물건 중에는 아직도 살 만한 것이 있을지도, 어쩌면 좋은 것이 있을지도 모른다고 생각했다. 게다가 짜오 마나님이 마침 값싸고 좋은 모피 조끼를 하나 사고 싶어 하던 참이었다. 그래서 가족의 결의로 쪼우치 댁에게 부탁하여 즉각 아Q를 찾으러 보내고, 또한 이 때문에 새로이 세 번째의 예외를 만들었다. 즉, 이날 밤만큼은 임시로 등불을 켜도록 특별히 허락한 것이다.

등의 기름이 적잖이 줄어들었는데도 아Q는 아직 오지 않았다. 짜오씨 댁의 온 가족이 몹시 조급해서 하품을 하며 아Q가 너무 방자하다고 미워하기도 하고 쪼우치 댁이 약삭빠르지 못하다고 원망하기도 하였다. 짜오 마나님은 또 그가 봄철

에 정한 조건 때문에 감히 오지 못하는 건가 하고 걱정하고, 짜오 대감은 이번에는 '내'가 그를 부르러 보냈으니 걱정할 것 없다고 생각했다. 과연 짜오 대감의 식견이 높았는지 아Q는 마침내 쪼우치 댁을 따라 들어왔다.

"저 사람이 그저 없다, 없다고만 하기에, 제가 직접 뵙고서 말하라고 해도 자꾸만 그러기에 제가……." 쪼우치 댁이 숨을 헐떡거리면서 들어와 말했다.

36

"대감님!" 아Q는 웃는 듯 한 번 불러 놓고는 처마 밑에 멈춰 섰다.

"아Q, 자네 외지에서 돈 벌었다지." 짜오 대감은 천천히 걸어가서 눈으로 그의 전신을 살펴보면서 말했다. "참 잘 했네, 그거 참 잘 했어. 그런데……, 자네한테 헌 물건이 좀 있다던데……, 전부 가져와 보여 줄 수 있나……. 다름이 아니고 내가 필요해서……."

"제가 쪼우치 아줌마에게 말했어요. 다 처분했다구요."

"다 처분했어?" 짜오 대감은 저도 모르게 소리를 내었다.

"어쩌면 그렇게 빨리 처분해버렸지?"

"그게 친구 것인데 본래 많질 않았어요. 사람들이 좀 사가고……."

"어쨌든 아직 조금은 남아 있겠지."

"지금은 문발 하나밖에 남지 않았습니다."

"그렇다면 문발을 갖다 보여주게." 짜오 마나님이 황망히 말했다.

"그럼, 내일 가져오면 돼." 짜오 대감은 그다지 마음이 내키지 않았다.

"아Q, 이후로 무슨 물건이 있거든 맨 먼저 우리한테 가져와 보이게……."

"값은 절대로 다른 집보다 적게 내지 않을 테니!" 수재가 말했다. 수재의 아내는 아Q의 얼굴을 힐끔 한 번 쳐다보고 그의 마음이 움직이는지를 살펴보았다.

"나는 모피 조끼가 하나 필요한데." 짜오 마나님이 말했다.

37 아Q가 대답은 했지만 시무룩하게 나갔기 때문에 그가 마음에 두고 있는지 어떤지 알 수가 없었다. 이것은 짜오 대감을 매우 실망시켰고, 화가 나고 걱정이 돼서 하품까지도 멎게 했다. 수재도 아Q의 태도가 무척 불만이어서, "이런 몹쓸 놈은 조심해야만 하고 아니면 지보(地保)에게 시켜 그가 웨이쫭에서 살지 못하게 하는 것이 낫겠다"고 말했다. 그러나 짜오 대감은 그렇게 생각하지 않고, 그렇게 하면 원한을 사게 될지도 모르며 더욱이 이 방면의 생업을 가진 자는 대개 '매는 둥지 밑의 먹이는 먹지 않는다'고 하니 이 동네는 오히려 걱정할 필요가 없고 스스로 밤에 경계를 좀 하기만 하면 된다고 말하였다. 수재는 이 '아버지의 가르침'을 듣고 아주 지당하다고 생각되어 아Q를 쫓아내고자 한 제의를 즉각 철회하고, 쪼우치 댁에게 이런 말을 남에게는 절대로 들먹이지 말라고 당부하였다.

38

그러나 이튿날 쪼우치 댁이 그 남색 치마를 가져가 검게 물들이면서 아Q의 수상한 점을 퍼뜨렸다. 하지만 수재가 그를 쫓아내고자 한 이 한마디는 확실히 들먹이지 않았다. 하지만 이것은 이미 아Q에게 매우 불리했다. 맨 먼저 지보가 집에까지 찾아와 그의 문발을 가져갔다. 아Q가 그것은 짜오 마나님이 보겠다고 한 것이라고 말해도 지보는 돌려주지 않았을 뿐더러 매달 바칠 상납금을 정하자고 했다. 그 다음은 마을 사람들의 그에 대한 경외심이 갑자기 변한 것이다. 아직은 감히 무례한 짓을 하지는 못하지만 멀리 피하려는 기색이 있고, 이 기색은 이전에 그가 '싹둑' 하며 목을 치려는 시늉을 하면 막으려고 하던 때와는 달리 '공경하되 멀리하는' 요소가 상당히 섞여 있었다.

다만 일부 한가한 사람들만이 계속해서 꼬치꼬치 캐물어 아Q의 내막을 탐지하려고 했다. 아Q도 결코 숨기려 하지 않고 뽐내듯이 자기의 경험을 털어 놓았다. 이때부터 그들은 그가 일개 단역에 지나지 않아 담에 오르지도 못하고 안으로 들어가 보지도 못했으며 다만 밖에 서서 물건을 받기나 했다는 것을 알게 되었다. 어느 날 밤 그가 막 보따리 하나를 넘겨받고 주역이 다시 들어간 지 얼마 되지 않아 안에서 고함소리가 들려, 그는 이내 뺑소니를 쳐 밤을 틈타 성에서 기어 나와 웨이쫭으로 도망쳐 돌아와서는 이후 다시는 그 짓을 하러 가지 못했다는 것이다. 그러나 이 이야기가 아Q에게는 더욱 불리했다. 마을 사람들이 아Q에게 공경하되 멀리한 것은 본래 원한을 살까 두려웠기 때문이었는데, 그가 이미 두 번 다시 훔칠 용기가 없는 일개 좀도둑에 지나지 않는다는 것을 누가 알았겠는가? 이야말로 정말 '이 또한 두려워할 만하지 못하다'고 하겠다.

제 7 장 혁 명

39 선통(宣統) 3년 9월 14일 —— 즉 아Q가 전대를 짜오빠이엔에게 팔아버린 그날 —— 한밤중에 검은 뜸을 친 커다란 배 한 척이 짜오씨 댁 나루터에 닿았다. 이 배는 칠흑 같은 어둠 속에서 저어왔고, 시골 사람들은 깊이 잠들어 아무도 알지 못했다. 나갈 적에는 날이 밝을 녘이어서 꽤 여러 사람이 보았던 것이다. 은밀히 알아본 결과 그것이 바로 거인 영감의 배임을 알았다.

그 배는 크나큰 불안을 웨이쫭에 가져다주었고, 정오도 되기 전에 온 마을의 인심이 매우 술렁거렸다. 배의 사명에 대해 짜오씨 집에서는 애당초 극비에 부치고 있었으나, 찻집이나 술집에서 모두들 혁명당이 입성하려고 해서 거인 영감이 우리 시골로 피난 왔다고 수군거렸다. 오직 쪼우치 댁만이 그렇게 생각하지 않고, 가져온 건 낡은 옷상자 몇 개에 지나지 않는 것으로 거인 영감이 가져다 맡기려 했지만 짜오 대감이 이미 돌려보냈다고 말했다. 사실 거인 영감과 짜오 수재는 평소부터 사이가 좋지 않았고, 이치로 따져도 원래 '환난을 함께 할' 만한 정분도 있을 리 없었다. 더욱이 쪼우치 댁은 또 짜오씨 댁과 이웃이어서 보고 듣는 것이 가까우므로 아마도 그녀가 옳았을 것이다.

그러나 소문은 크게 퍼져 거인 영감이 비록 직접 온 것 같지는 않지만 장문의 편지를 보내어 짜오씨 댁과 '먼 친척'이 된다고 하였다는 것이었다. 짜오 대감은 속으로 대강 생각해보고 자기에게 별로 나쁠 게 없을 것이라 느껴서 상자를 받아놓았는데, 지금 그것이 부인의 침대 밑에 숨겨져 있다고 한다. 혁명당에 대해서 어떤 사람이 말하기를 그날 밤 입성했는데 하나같이 흰 투구에 흰 갑옷 차림으로 숭정 황제의 상복을 입고 있었다고 하였다.

아Q의 귀로도 혁명당이라는 이 말을 벌써부터 들은 적이 있었고, 금년에는 또 자기 눈으로 직접 혁명당이 처형되는 것을 본 적이 있었다. 그러나 그는 어디서 연유된 것인지 알 수 없는 일종의 선입견이 있어, 혁명당은 모반하는 것이라고 여기고 모반은 그를 괴롭게 하는 것이므로 지금까지 '몹시 증오하고 통탄해 하던' 것이었다. 그런데 뜻밖에도 이것이 백 리 사방에 이름이 알려진 거인 영감을 이토록 두려워 떨게 하다니, 그도 적잖이 '마음이 끌리지' 않을 수 없었고, 더욱이 웨이쫭의 쓸모없는 놈들이 당황하는 모습은 아Q를 더욱 즐겁게 했다.

40

'혁명도 좋구나.' 아Q는 생각했다. '이 빌어먹을 놈들의 명을 끊어 놓겠다. 나쁜 놈들! 지독한 놈들을! ……. 그런데 나도 혁명당에 투항하고 싶다.'

아Q는 요즘 용돈이 궁하여 적잖이 불평을 갖고 있었다. 게다가 낮에 술 두 사발을 빈속에 마셔 더욱 빨리 취했기 때문에, 생각하면서 걷는 동안 다시 들뜨기 시작했다. 어떻게 된 셈인지 갑자기 혁명당은 바로 자기이고 웨이쫭 사람들은 모두 그의 포로 같았다. 그는 의기양양한 나머지 무심코 큰 소리로 외쳤다.

"모반이다! 모반이다!"

웨이쫭 사람들은 모두 놀라고 겁먹은 눈초리로 그를 바라보았다. 이토록 가련한 눈초리를 아Q는 여태까지 본 적이 없어, 한번 보자 그는 한여름에 빙수를 마신 것처럼 후련해졌다. 그는 더욱더 신이 나서 걸으면서 고함을 쳤다.

"좋았어…….

무엇이든지 내가 원하는 대로이고 누구든지 내 마음대로다.

둥둥, 덩덩!

후회해도 소용없다. 술에 취해 정씨 아우님을 잘못 베었어.

후회해도 소용없다. 아 아 아…….

둥둥, 덩덩, 둥, 덩더덩!
내 손에 쇠채찍 잡아 네 놈을 치리라……."13)

41

짜오씨 댁의 두 남자들과 진짜 일가친척 두 사람도 마침 대문 앞에 서서 혁명 이야기를 하고 있었으나, 아Q는 이들을 보지 못하고 머리를 쳐들고서 곧장 노래를 부르며 지나갔다.

"둥둥……."

"Q군." 짜오 대감이 겁먹은 듯 맞이하면서 낮은 소리로 불렀다.

"덩덩." 아Q는 자기 이름에 '군'자가 붙여지리라고는 생각지 않았으므로, 자기와는 관계가 없는 딴말이라 여기고 그저 노래를 부를 뿐이었다.

"둥, 덩, 덩더덩, 덩!"

"Q군!"

"후회해도 소용없다……."

"아Q군!" 수재가 하는 수 없이 직접 그의 이름을 불렀다.

아Q는 그제야 서서 고개를 갸우뚱하며 물었다.

"뭐요?"

"Q군……, 요사이……." 짜오 대감은 더 할 말이 없었다.

"요사이…… 돈 잘 버나?"

"돈 잘 버느냐구요? 아무렴요. 무엇이든지 원하는 대로니까……."

"아…… Q형, 우리 같은 가난뱅이 친구는 괜찮겠지……." 짜오빠이엔이 벌벌 떨면서 마치 혁명당의 속셈을 떠보려는 듯 말했다.

"가난뱅이 친구? 당신은 나보다 훨씬 부잣걸."

아Q는 말하면서 그냥 가버렸다.

모두들 실망해서 말이 없었다. 짜오 대감 부자는 집에 돌아가 저녁나절 등불을

컬 때까지 의논했다. 짜오빠이엔은 집에 돌아가자 허리춤에서 전대를 풀어 자기 아내에게 건네주면서 상자 밑바닥에 감추도록 하였다.

42

아Q는 들떠서 한바탕 쏘다니다가 토곡사로 돌아오니 술도 이미 깨 버렸다. 이날 밤에는 토곡사를 관리하는 노인도 뜻밖에 부드럽게 대하며 그에게 차를 권했다. 아Q는 노인에게 호떡 두 개를 달라고 해서 다 먹고 난 뒤, 또 쓰다 남은 4냥짜리 초 한 자루와 촛대를 달라고 하여 불을 밝히고서 혼자 자기의 조그만 방 안에 드러누웠다. 그는 말할 수 없이 기분이 산뜻하고 좋았고, 촛불이 대보름날처럼 번쩍번쩍 튀어 오르면서 그의 생각도 떠오르기 시작했다.

'모반이라? 재미있군······.' 흰 투구, 흰 갑옷의 혁명당이 몰려와 모두 청룡도·쇠채찍·폭탄·소총·삼지창·갈고리창을 들고서 토곡사 앞을 지나가며 "아Q! 함께 가세, 함께 가!" 하고 부르면, 함께 가야지······.

이때 웨이쫭의 쓸모없는 놈들이 우스운 꼴로 무릎을 꿇고 "아Q, 살려 줘요!" 하고 소리치면 누가 들어준대! 맨 먼저 죽어야 할 놈은 샤오D와 짜오 대감이고 또 수재, 그리고 가짜 양놈이야······. 몇 놈이나 남겨둘까? 왕털보는 원래 남겨둘 만도 했으나, 역시 필요 없어······.

물건은······ 곧장 들어가 상자를 열어젖히고, 원보(元寶)·은화·양사 저고리를······, 수재 마누라의 고급침대를 우선 토곡사로 옮겨 놓고 이밖에 치엔가네 탁자와 의자를 진열해 놓아야지. —— 아니면 짜오가네 것으로 하지. 내가 직접 손 쓰지 않고 샤오D를 시켜 운반하되 빨리빨리 옮겨야지. —— 꾸물대면 뺨을 때려 줄 테다······.

'짜오쓰천의 누이동생은 정말 못생겼다. 쪼우치 댁 딸은 몇 년이 지난 뒤라야 하겠고, 가짜 양놈의 여편네는 변발 없는 사내와 잠을 잤으니 흥, 좋은 물건이 못

돼! 수재 여편네는 눈두덩 위에 흉터가 있고……. 우(吳) 아줌마는 오랫동안 못 봤는데 어디 있을까? —— 아깝게도 발이 너무 커.'

아Q는 생각을 다 끝맺기도 전에 코 고는 소리를 냈고 4냥짜리 초가 겨우 반 치 가까이 타들어가며 붉게 타오르는 불빛이 헤벌어진 그의 입을 비추고 있었다.

"어허! 어허!" 아Q는 갑자기 큰 소리를 치며 일어나 머리를 들고 사방을 두리번거리더니 4냥짜리 초를 보고는 다시 머리를 박고 잠들어버렸다.

43

이튿날 그가 매우 늦게 일어나 거리에 나가 보았을 때 모든 것이 예나 다름없었다. 그는 여전히 배가 고파서 아무 생각도 나질 않았다. 그러나 그는 불현듯 생각이 떠올랐는지 천천히 큰 걸음으로 의식적인지 무의식적인지 정수암으로 갔다.

암자는 봄철과 마찬가지로 조용하고 흰 담장에 검은 대문이었다. 그가 잠시 생각하다가 앞으로 가서 문을 두드리자 개 한 마리가 안에서 짖었다. 그는 급히 벽돌 조각을 몇 개 주워 들고 다시 다가가 좀더 세차게 두드렸는데, 검은 대문에 홈집이 많이 나도록 두드렸을 때야 비로소 누군가가 나와서 문을 여는 것을 들었다.

아Q는 얼른 벽돌 조각을 단단히 잡고 두 다리를 벌려 딱 버티고서 검정개와 싸울 준비를 했다. 그러나 암자의 문이 겨우 등 하나만큼 열렸을 때 검정개는 안에서 튀어나오지 않았고, 안을 들여다보니 늙은 여승 하나뿐이었다.

"넌 또 무슨 일로 왔느냐?" 그녀는 깜짝 놀라며 말했다.

"혁명이다……. 알고 있나? …….." 아Q는 매우 흐릿하게 말했다.

"혁명, 혁명, 벌써 혁명 한 번 했어……. 너희들이 우리를 어떻게 혁명하겠다는 거야?" 늙은 여승은 두 눈을 붉히며 말했다.

"뭐? …….." 아Q는 의아했다.

"넌 모르고 있었구나. 그자들이 벌써 와서 혁명했어!"

"누가?" 아Q는 더더욱 의아해졌다.

"그 수재하고 양놈이!"

아Q는 너무나 뜻밖이라 저도 모르게 얼떨떨해졌다. 늙은 여승은 그이 기세기 꺾인 것을 보고 재빠르게 문을 닫아버렸고, 아Q가 다시 밀었을 때는 꼼짝도 하지 않았으며 다시 두들겨도 대답이 없었다.

44

그날 오전의 일이었다. 짜오 수재는 소식이 빨라 혁명당이 밤새 벌써 입성했다는 것을 알자 곧 변발을 머리 위로 말아 올리고, 이제껏 사이가 좋지 않았던 치엔씨 양놈을 아침 일찍 찾아갔다. 이는 '모두 함께 유신(維新)에 참여하는' 때가 되었기 때문에 그들은 서로 말이 잘 통하여 곧 의기투합하는 동지가 되었으며 또한 함께 혁명에 나서기로 약속하였다. 그들은 생각하고 또 생각한 끝에 겨우 정수암에 '황제 만세 만만세'라고 쓴 용무늬패가 있다는 것을 생각하고, 서둘러 때려 부숴 없애버려야 하는 것이어서 당장 함께 암자로 가서 혁명해버렸다. 늙은 여승이 나와 가로막았기 때문에, 그들은 몇 마디 꾸짖고는 그녀를 만청(滿淸) 정부로 간주하고 머리 위에 적잖게 방망이질과 주먹다짐을 해주었다. 여승이 그들이 떠난 다음에 정신을 가다듬고 조사해보았더니, 용무늬패는 물론 땅 위에 박살이 이미 나 있었고, 또 관음보살 보좌 앞에 놔두었던 선덕로(宣德爐) 향로도 하나 보이지 않았다.

이런 사실을 아Q는 나중에야 알았다. 그는 자기가 잠들어 있었던 것을 무척 후회했으나 또한 그들이 그를 부르러 오지 않은 것을 매우 괘씸하게 여겼다. 그는 다시 한발 물러나 생각하며 중얼거렸다.

"내가 이미 혁명당에 투항해 들어갔다는 것을 그들이 아직 모르지는 않았을 텐데……."

제 8 장 혁 명 금 지

45 웨이쫭의 인심은 나날이 안정되어갔다. 전해오는 소식에 따르면 혁명당이 입성했지만 아직 아무런 큰 변화가 없다는 것을 알게 되었다. 현감도 여전히 그대로인데 다만 명칭을 뭐라고 바꿨을 뿐이고, 거인 영감도 무슨 관직을 맡았는데, —— 이들 명칭을 웨이쫭 사람들은 분명히 말할 줄 몰랐고, —— 군대를 거느리는 것도 역시 이전의 그 파총(把總)[14]이었다. 단 한 가지 두려운 일은 몇몇 좋지 못한 혁명당원이 그 속에 별도로 끼어들어 소동을 벌이고, 이튿날은 변발을 자르기 시작했는데 이웃 마을 뱃사공 치진(七斤)이 걸려들어 사람꼴 같지 않게 되었다고 한다. 그러나 이것은 그다지 대단한 공포거리는 아니었다. 왜냐하면 웨이쫭 사람들은 본래 성에 들어가는 일이 드물었고 어쩌다가 들어가려고 했어도 즉각 계획을 변경하여 이런 위험에 걸려들지 않았다. 아Q도 본래는 성에 들어가 옛 친구를 찾아볼 생각이었으나, 이 소식을 듣고는 그만둘 수밖에 없었다.

하지만 웨이쫭에도 개혁이 없었다고는 말할 수가 없다. 며칠이 지나자 변발을 머리 위로 말아 올리는 사람이 점차 늘어나기 시작했다. 이미 말했듯이 맨 먼저는 물론 수재 선생이고 그 다음이 바로 짜오쓰천과 짜오빠이옌이며, 그 뒤가 아Q였다. 만약 여름철이라면 사람들이 변발을 머리 위로 말아 올리거나 묶어 매었다 해도 무슨 희귀한 일이라 할 수 없으나, 지금은 늦가을이므로 이 '가을에 여름의 행정명령을 시행하는' 사태는 변발을 말아 올린 사람들에게 굉장한 영단이라 아니할 수 없으며 또한 웨이쫭도 개혁과 무관하다고는 말할 수 없었다.

짜오쓰천의 뒤통수가 휑하니 빈 채로 걸어오는 것을 본 사람들은 큰 소리로 떠들었다.

"야아, 혁명당이 온다!"

아Q는 그 소리를 듣고 무척 부러워했다. 그는 비록 일찍 수재가 변발을 말아 올렸다는 엄청난 소식을 알고 있었으나 자기도 그렇게 해도 되리라고는 전혀 생각지 못했는데, 이제 짜오쓰천이 그렇게 한 것을 보자 비로소 흉내 낼 마음이 생겨서 실행할 결심을 굳혔다. 그는 대젓가락 하나로 변발을 머리 위로 말아 올리고 한참 망설이다가 간신히 용기를 내어 걸어갔다.

46

그가 거리를 걸어가자 사람들이 그를 보고도 아무 말을 하지 않아, 아Q는 처음에는 아주 불쾌했고 나중에는 몹시 불만스러웠다. 그는 요즘 걸핏하면 짜증을 부렸다. 실상 그의 생활은 모반 이전에 비하여 오히려 어려워진 것도 결코 아니고, 사람들이 그를 보면 공손하기도 하고 가게에서도 현금을 내라는 말을 하지 않았다. 그런데도 아Q는 언제나 자기가 너무 실의에 빠져 있다고 느껴서, 혁명을 한 이상 이러고만 있어서는 안 된다고 생각했다. 게다가 샤오D를 한번 보고는 더욱 울화통이 터졌다.

샤오D도 변발을 머리 위로 말아 올렸는데, 또한 대젓가락을 꽂고 있었다. 아Q는 이놈까지 감히 이렇게 하리라고는 천만뜻밖이었고, 자기도 놈이 이렇게 하는 것을 절대로 용납할 수 없었다. 샤오D 따위가 뭔데? 그는 당장에 그를 붙잡아 놈의 대젓가락을 꺾어버리고 놈의 변발을 풀어내리고, 뺨따귀를 몇 번 후려갈겨서 놈이 제 팔자분수를 잊고 감히 혁명당이 되려고 한 죄를 벌주고 싶은 생각이 간절했다. 그러나 그는 결국 용서해주고, 다만 성난 눈으로 쏘아보며 "퉤" 하고 침을 한번 뱉었다.

47

요 며칠 사이 성안에 들어간 사람은 가짜 양놈뿐이었다. 짜오 수재도 본래는 상자를 맡아준 인연을 빙자하여 몸소 거인 영감을 찾아뵙고자 했으나, 변발을 잘릴 위험이 있어서 중지하고 말았다. 그는 '황산격(黃傘格)'[15]으로 편지 한 통을 써서 가짜 양놈 편에 가져가게 하여, 자기를 소개하고 자유당에 들어가게 해달라고 부탁했다. 가짜 양놈은 돌아와 수재에게 은화 4원을 갚으라 했고, 수재는 은복숭아 하나를 옷깃에 달게 되었다. 웨이쫭 사람들은 다 놀라 탄복하며 이것은 자유당(柿油堂)[16] 배지로 한림에 해당한다고들 했다. 짜오 대감은 이 때문에 또 갑자기 높아졌는데 그의 아들이 처음 수재에 합격했을 때보다 훨씬 더했다. 그래서 눈에 뵈는 것이 없어 아Q를 만나도 안중에 두지 않았다.

아Q는 못마땅하던 중에 또 시시각각으로 뒤떨어져가는 것을 느끼고 있었는데 이 은복숭아 소식을 듣자마자 그는 즉각 자기가 뒤떨어지고 있는 이유를 깨달았다. 혁명을 하려면 간단히 투항한다고 말로만 해서는 안 되고 변발을 말아 올리기만 해도 안 되며, 맨 먼저 역시 혁명당과 결속해야 한다. 그가 평생에 걸쳐 알고 있는 혁명당은 오직 두 사람뿐인데, 성안에 있는 한 놈은 벌써 '싹둑' 하고 목이 잘려버렸고 지금은 가짜 양놈 하나만 남았다. 그는 서둘러 가서 가짜 양놈하고 의논하는 것 이외에는 다시 다른 길이 없었다.

48

치엔씨 댁 대문이 마침 열려 있어서 아Q는 겁먹은 듯 슬금슬금 들어갔다. 그는 안으로 들어서자 깜짝 놀랐다. 가짜 양놈이 뜰 중앙에 서 있었는데, 전신이 새까만 아마도 양복이라고 말하는 옷에 은복숭아를 하나 달고 있으며 손에는 아Q가 전에 혼난 적이 있는 지팡이를 들고 이미 한 자 남짓하게 자란 변발을 풀어서 어깨와 등으로 늘어뜨려 산발한 모습이 흡사 류하이셴(劉海仙)¹⁷⁾같았다. 맞은편에는 짜오빠이엔과 건달 세 명이 차렷 자세로 공손히 그의 말을 듣고 있었다.

아Q는 살금살금 다가가 짜오빠이엔 뒤에 서서 속으로 인사를 하고 싶었으나 어떻게 말을 해야 좋을지 몰랐다. 그를 가짜 양놈이라고 부르는 것은 물론 안 되는 것이고, 서양 사람도 마땅치 않고 혁명당도 마땅치 않아 혹시 양 선생이라고 불러야 하지 않을까 생각했다.

양 선생은 그를 보지 못했다. 눈동자를 희끗거리며 이야기에 마침 열중하고 있었기 때문이었다.

"나는 성미가 급해서 우리가 만나기만 하면 나는 언제나 '홍 형! 우리 착수합시다!' 하고 말했었소. 그러나 그분은 늘 'NO!' 라는 거요. 이건 서양 말이라서 당신들은 모를 거요. 그렇지만 않았어도 벌써 성공했을 거요. 하지만 이게 바로 그분이 일하는 데 조심성이 있다는 점이요. 그분은 서너 번 나에게 후뻬이(湖北)로 오라고 했지만 난 아직 들어주지 않았소. 누가 그런 작은 현에서 일하고 싶겠소……."

49

"에……, 저어……." 아Q는 그가 잠시 멈출 때를 기다려 마침내 용기백배하여 입을 열었으나, 어찌된 영문인지 그를 양 선생이라고 부르지는 못했다.

연설을 듣고 있던 네 사람은 모두 깜짝 놀라 그를 돌아보았다. 양 선생도 그제야 알아보았다.

"뭐야?"

"저는……."

"나가!"

"저는 투항하려고……."

"썩 꺼져!" 양 선생은 곡상봉을 쳐들었다.

짜오빠이엔과 건달들까지도 큰 소리로 야단을 쳤다.

"선생님이 널더러 꺼지라시는데, 너 말 안 듣겠어!"

아Q는 손으로 머리를 얼른 감싸고 재빠르게 문 밖으로 도망쳐 나왔는데, 양 선생이 뒤쫓아 오지는 않았다. 그는 예순 발자국 이상 줄달음질을 치고 나서야 겨우 천천히 걸어갔는데 마음속에 근심걱정이 끓어올랐다. 양 선생이 그에게 혁명을 불허하면 그에게는 더 이상 다른 길이 없고, 앞으로 흰 투구에 흰 갑옷을 입은 사람들이 그를 부르러 올 것을 도저히 바랄 수 없을 테니, 그가 가지고 있었던 포부·지향·희망·앞길이 모두 한꺼번에 없어져버리고 말았다. 건달들이 소문을 퍼뜨려 샤오D나 왕털보 따위한테 웃음거리가 되는 것은 도리어 그 다음 일이다.

그는 지금까지 이토록 무료함을 경험해본 적이 없는 것 같았다. 그는 자기의 말아 올린 변발에 대해서도 무의미하고 모욕을 당하는 느낌이었으며, 앙갚음을 하기 위해 당장 변발을 풀어내리고 싶었지만 역시 끝내 풀어버리지는 않았다. 그는 밤까지 빈둥거리고 다니다가 술 두 사발을 외상으로 들이키고는 점점 기분이 좋아져, 머리에 또다시 흰 투구 흰 갑옷 생각이 단편적으로 떠올랐다.

50 어느 날 그는 여느 때처럼 밤이 깊어질 때까지 쏘다니다가 술집이 문을 닫을 무렵에야 겨우 어슬렁어슬렁 토곡사로 돌아갔다.

딱, 팡!~~.

그는 갑자기 이상한 소리를 들었는데 폭죽소리는 아니었다. 아Q는 본래 구경 거리를 좋아하고 쓸데없는 일에 참견하기를 좋아하는 사람인지라 어둠 속으로 곧장 찾아 나갔다. 앞쪽에서 발자국 소리가 들리는 것 같고, 그가 막 귀를 기울이는데 갑자기 어떤 사람이 맞은편에서 도망쳐 왔다. 아Q는 그것을 보자 급히 몸을 돌려 뒤쫓아 도망쳤다. 그 사람이 길을 돌자 아Q도 길을 돌았고, 길을 돌아서 그 사람이 멈춰 서자 아Q도 멈춰 섰다. 아Q가 뒤를 돌아보았으나 아무것도 없고, 앞에 멈춰 선 사람을 보니 바로 샤오D였다.

"뭐니?" 아Q는 흥분하였다.

"짜오……, 짜오씨 댁이 털렸어!" 샤오D가 숨이 차 헐떡이며 말했다.

아Q의 가슴이 두근두근 고동쳤다. 샤오D는 말을 하고 나서 곧 가버렸고, 아Q는 달아나면서 두세 번 멈추었다. 그러나 그는 어쨌든 '이 방면의 사업'을 해본 사람인지라 남달리 담이 컸다. 그래서 엉금엉금 길모퉁이를 빠져나와 자세히 들여다보니 좀 떠들썩한 것 같고, 다시 자세히 보니 흰 투구에 흰 갑옷을 입은 많은 사람들이 연달아 상자를 떠메어 내오고 살림살이를 내오고 있었다. 그리고 수재 마누라의 고급침대도 내오는 것 같았는데, 분명히 알 수가 없어 그가 앞으로 더 나가서 보려고 하였으나 두 다리가 움직여지지 않았다.

이날 밤에는 달이 없고, 웨이쫭은 어둠 속에 아주 고요했으며, 고요하기가 마치 복희(伏羲)씨 때처럼 태평하기까지 했다. 아Q가 서서 스스로도 싫증이 나도록 이 광경을 보았는데 짐은 여전히 조금 전과 마찬가지로 왔다 갔다 하면서 옮겨지는 모양인데, 상자가 떠메어져 나오고 수재 마누라의 고급침대도 내놓아져……, 자기 자신이 스스로의 눈을 믿을 수 없을 만큼 많이 들어냈다. 그러나 그는 더 이상 앞으로 나가지 않기로 결심하고 자기 토곡사로 되돌아오고 말았다.

51

토곡사 안은 더욱 깜깜했다. 그는 대문을 닫고 자기 방으로 더듬거리며 들어갔다. 그가 한참 누워 있으니까 겨우 정신이 가라앉고 자신에 관계된 생각이 떠올랐다. 흰 투구에 흰 갑옷을 입은 사람들이 분명히 왔었는데 자기를 부르러 오지도 않았고 여러 가지 좋은 물건을 날랐으나 자기 몫은 없었다. —— 이것은 전적으로 가짜 양놈이 나빠서 내가 모반하는 것을 허락하지 않아서이다. 그렇지 않다면 이번에 어째서 내 몫이 없게 되었겠는가? 아Q는 생각할수록 화가 치밀어 마침내 가슴에 가득 치미는 분통을 참을 수 없어 분하다는 듯이 고개를 끄덕이면서 지껄였다. "나에게는 모반을 허락하지 않고 네 놈만 모반을 해? 짐승 같은 가짜 양놈. —— 좋아, 네 놈이 모반했겠다! 모반은 목이 잘리는 죄니까, 내 기어코 고발할 테다. 네 놈이 현청에 잡혀가 목이 잘리는 꼴을 볼 거다. 온 가족이 몰살되는 것을. —— 싹둑! 싹둑!"

제9장 대단원

52 짜오씨 집이 털린 뒤 웨이쫭 사람들은 대개 몹시 통쾌해하면서도 두려워하였으며, 아Q 역시 무척 통쾌해하면서도 겁을 먹었다. 그러나 나흘 뒤 아Q가 밤중에 돌연 붙잡혀서 현성(縣城)으로 끌려갔다. 그때는 마침 깜깜한 밤이었는데, 한 무리의 군인, 한 무리의 자위대원, 한 무리의 경찰과 다섯 명의 형사가 몰래 웨이쫭에 와서 어둠을 타고 토곡사를 포위하고 문 정면에 기관총을 걸어놓았다. 그런데도 아Q는 뛰쳐 나오지 않았다. 오랫동안 아무런 움직임이 없자 파총(把總)이 초조해져 2만 문의 상금을 걸었고, 그제야 자위대원 두 사람이 위험을 무릅쓰고 담장을 넘어 들어가, 안팎이 서로 호응하며 일시에 들어가서 아Q를 잡아냈다. 토곡사 밖에 걸려 있는 기관총의 왼편까지 끌려 나와서야 그는 겨우 정신이 좀 들었다.

53

성에 도착하니 이미 정오가 되었고, 아Q는 자신이 낡은 관청문으로 끌려 들어가 모퉁이를 대여섯 번 돌아서는, 한 작은 방 안으로 떠밀려 들어가는 것을 알았다. 그가 막 비틀거리며 들어서자 통나무로 만든 목책문이 이내 그의 발꿈치를 따라 닫혀졌고, 나머지 삼 면은 모두 장벽인데 자세히 보니 방 귀퉁이에 또 두 사람이 있었다.

아Q는 약간 불안했지만 그다지 괴롭지는 않았다. 왜냐하면 그의 토곡사 안 침실도 이 방보다 더 나을 게 없었기 때문이다. 다른 두 사람도 역시 시골뜨기 같은데 차츰 그와 어울리게 되었다. 한 사람은 그의 할아버지가 갚지 못한 묵은 소작료를 거인 영감이 고발했기 때문이라 했고, 다른 한 사람은 무슨 일 때문인지 모른다고 했다. 그들이 아Q에게 물었을 때 아Q는 명쾌하게 대답했다. "나는 모반하려 했기 때문이오."

그는 오후에 다시 목책문 밖으로 끌려 나가 넓은 대청에 이르니 상좌에 머리를 빡빡 깎은 노인이 앉아 있었다. 아Q는 그가 중이 아닌가 하고 의심했으나, 아래를 내려다보니 군인들이 일렬로 서 있고 양쪽 옆에는 10여 명의 장삼을 입은 사람들이 서 있는데 노인처럼 머리를 빡빡 깎은 사람도 있고 가짜 양놈처럼 한 자쯤 자란 머리를 뒤로 늘어뜨린 사람도 있었다. 모두가 험악한 얼굴에 성난 눈으로 그를 노려보았다. 그는 이 사람들한테 필경 무슨 내력이 있다는 것을 알아차리고는, 별안간 관절의 힘이 빠져 저절로 꿇어앉고 말았다.

54

 "서서 말해! 꿇어앉지 마!" 장삼을 입은 사람들이 모두 꾸짖었다. 아Q는 알아듣기는 했지만 아무래도 서 있을 수가 없을 것 같았고, 몸이 말을 듣지 않아 엉거주춤하다가 마침내 꿇어앉아 버렸다.

 "노예근성! ……." 장삼을 입은 사람이 또 경멸하듯 말했으나 그에게 일어서라고 하지는 않았다.

 "너 사실대로 자백해, 고문을 면하려면. 나는 벌써 다 알고 있어. 자백하면 석방할 수도 있어."

 그 까까머리 노인이 아Q의 얼굴을 똑바로 보며 조용히 또박또박 말했다.

 "자백해!" 장삼을 입은 사람이 큰 소리로 말했다.

 "저는 본래…… 투항하려고……." 아Q는 멍청하게 한번 생각하더니 겨우 떠듬떠듬 말했다.

 "그럼 왜 오지 않았지?" 노인이 부드럽게 물었다.

 "가짜 양놈이 허락하지 않았습니다!"

 "허튼소리! 이제 와서 말해봐야 늦었어. 지금 너의 동료들은 어디 있나?"

 "뭐라구요? ……."

 "그날 밤 짜오씨 집을 약탈한 놈들 말이야."

 "그 사람들이 절 부르러 오지 않았어요. 자기들끼리 가져갔어요."

아Q는 그때 일을 들먹이자 울화통이 터졌다.

 "어디로 갔지? 말만 하면 너는 석방이야." 노인이 더욱 부드럽게 말했다.

 "저는 모릅니다. …… 그 사람들이 절 부르러 오지 않았어요……."

 그러자 노인이 눈짓을 한 번 하고 아Q는 다시 목책문 안으로 끌려 들어갔다. 그가 두 번째로 목책문 밖으로 끌려 나온 것은 이튿날 오전이었다.

55

넓은 대청의 광경은 모두 전과 같았다. 상좌에는 여전히 머리를 빡빡 깎은 노인이 앉아 있고, 아Q도 전처럼 꿇어앉았다.

노인이 부드럽게 물었다. "너는 더 무슨 할 말이 있느냐?"

아Q는 다시 한 번 생각해봤으나 할 말이 없어 곧 대답했다. "없습니다."

그러자 장삼을 입은 사람 하나가 종이 한 장과 붓 한 자루를 아Q 앞에 가져다 붓을 그의 손에 쥐어주려고 했다. 아Q는 이때 깜짝 놀라 거의 '혼비백산'하였다. 왜냐하면 그의 손이 붓과 관계를 맺는 것은 이번이 처음이기 때문이었다. 그는 어떻게 잡아야 할지 모르고 있는데, 그 사람은 또 한 군데를 가리키면서 서명하라고 했다.

"저……, 저는…… 글자를 모릅니다." 아Q는 한 손에 붓을 움켜쥐고는 황공하고 부끄러운 듯 말했다.

"그럼 너 편한 대로 동그라미 하나 그려라!"

아Q는 동그라미를 그리려고 했으나 그의 손은 붓을 잡은 채 떨리기만 했다. 그래서 그 사람이 아Q 대신 종이를 땅바닥에 깔아주고, 아Q는 엎드려 젖 먹던 힘까지 다하여 동그라미를 그렸다. 그는 남에게 웃음거리가 될까 두려워 동그랗게 그리려고 마음먹었으나, 이 몹쓸 붓이 매우 무거운 데다 말을 듣지 않아 부들부들 떨면서 간신히 아물리려고 하는데 결국 바깥으로 삐져나가 호박씨 모양을 그리고 말았다.

아Q는 자기가 동그랗게 그리지 못한 것을 부끄러워하고 있었지만, 그 사람은 문제 삼지 않고 벌써 종이와 붓을 거두어 가버렸으며, 여러 사람이 다시 그를 두 번째로 목책문 안으로 끌어다 넣었다.

그는 두 번째 목책문 안에 들어갔어도 전혀 괴롭지는 않았다. 그는 사람이 세상을 살다보면 때로는 종이에다 동그라미를 그려야 하기도 하는데, 단지 동그라미를 그렸지만 동그랗지 못한 것이 그의 '행적'상의 한 오점이라고 생각했다. 그러나 곧 그것도 풀려버려, 그는 손자놈이나 겨우 동그란 동그라미를 그릴 수 있을 거라고 생각했다. 그러고는 잠이 들었다.

56 그러나 이날 밤 거인 영감은 오히려 잠을 잘 수가 없었다. 그는 파총에게 화를 냈다. 거인 영감은 첫째로 장물을 찾아야 한다고 주장하고, 파총은 첫째로 죄인을 군중에게 내보여야 한다고 주장했다. 파총은 근래에 와서 거인 영감을 소홀히 대하고 있어 책상을 누르기고 설상을 차면서 말했다 "일벌백계입니다! 보십시오. 내가 혁명당이 된 지 스무 날도 안 되어 약탈사건이 십여 건이나 되고 한 건도 해결하지 못했는데 당신은 한가한 소리나 하니, 안 됩니다! 이건 내 소관입니다!" 거인 영감은 궁지에 몰려 초조했지만, 그래도 여전히 버티며 만약 장물을 찾지 않으면 그는 당장 민정협조의 직무를 사임하겠다고 말했다. 그런데도 파총은 "마음대로 하십시오!"라고 말했다. 그래서 거인 영감은 이날 밤 잠을 자지 못했으나, 다행히 이튿날도 사임하지는 않았다.

아Q가 세 번째 목책문 밖으로 끌려 나왔을 때는 바로 거인 영감이 잠을 자지 못한 그 다음날 오전이었다. 그가 넓은 대청에 도착하니 상좌에는 역시 까까머리 노인이 앉아 있었고, 아Q도 전처럼 꿇어앉았다.

노인은 아주 부드럽게 물었다. "너는 더 무슨 할 말이 있느냐?"

아Q는 또 한번 생각해봤으나 할 말이 없어 곧 대답했다. "없습니다."

장삼이나 단삼을 입은 여러 사람이 갑자기 그에게 옥양목으로 만든 흰 조끼를 입히는데, 거기에는 검은 글씨가 몇 자 쓰여 있었다. 아Q는 기분이 몹시 나빴다. 왜냐하면 이것이 흡사 상복을 입은 것 같았고 상복을 입는다는 것은 불길한 일이기 때문이었다. 그리고 동시에 그의 두 손이 뒤로 돌려 묶여지고 동시에 곧장 관청문 밖으로 끌려 나왔다.

57

아Q는 포장 없는 수레에 떠메어 올려지고, 단삼을 입은 사람도 몇 명 그와 함께 탔다. 이 수레는 곧 움직이기 시작하고, 앞에는 총을 멘 군인과 자위대원들이 줄지어 있고 양 옆에는 입을 헤벌린 많은 구경꾼들이 있는데, 뒤는 어떤지 아Q는 보지 않았다. 그러나 그는 문득 깨달았다. 이것은 목 잘리러 가는 것이 아닌가? 그는 당장 초조해지고 두 눈이 캄캄했으며 귀에서는 윙 하는 소리가 들려 정신이 아득하였다. 그렇지만 그는 완전히 까무러치지는 않고, 이따금 초조했지만 또한 이따금 태연하기도 하여, 그의 생각에는 사람이 세상에 살다보면 때로는 목을 잘리는 수도 있다고 생각하는 것 같았다.

그는 전부터 이 길을 알고 있는데 좀 의아했다. 어째서 형장 쪽으로 가지 않을까? 그는 이것이 거리를 다니며 군중에게 구경시키는 것임을 알지 못했다. 하지만 알았다 해도 마찬가지로 그는 사람이 세상에 살다보면 때로는 거리를 다니며 군중에게 구경시켜지는 수도 있게 마련이라고 생각하였을 것이다.

그는 이것이 멀리 돌아서 형장으로 가는 길이고, 틀림없이 '싹둑' 하고 목이 잘린다는 것을 깨달았다. 그가 망연히 좌우를 둘러보니 온통 개미처럼 따라오는 사람들이고, 뜻밖에도 길가의 사람들 속에서 우(吳) 아줌마를 발견했다. 아주 오랫동안 보지 못했는데, 벌써부터 그녀는 성안에서 일하고 있었던 것이다. 아Q는 자신이 배짱이 없어 끝내 창(唱) 몇 마디도 안 부른 것이 갑자기 부끄러웠다. 그의 생각은 마치 회오리바람처럼 뇌리에서 한 번 소용돌이쳤다. 〈소고상상분(小孤孀上墳)〉은 당당함이 부족하고, 〈용호투(龍虎鬪)〉에 나오는 "후회해도 소용없다……"도 맥이 없고, 역시 "손에 쇠채찍 들어 너를 치리라"가 좋겠다. 그는 즉시 손을 쳐들었으나 두 손이 묶여 있음을 알고 "손에 쇠채찍 들어"도 부르지 않았다.

"이십 년이 지나 다시……."[18] 아Q는 이런 경황 중에 아무에게도 배우지 않고 '스스로 익힌' 이제까지 한번도 입밖에 내본 적이 없는 말을 했다.

"잘 한다!" 군중 속에서 이리의 울부짖음 같은 소리가 터져 나왔다.

수레는 계속 앞으로 나아가고, 아Q는 박수치며 떠드는 사람들 속에서 눈알을 돌려 우 아줌마를 보았으나, 그녀는 그를 보지 못한 듯 군인들 등에 멘 총만 정신없이 쳐다보고 있었다.

아Q는 그래서 다시 박수치며 떠드는 사람들을 바라보았다.

58

그 찰나에 그의 생각은 또다시 회오리바람처럼 뇌리에서 소용돌이쳤다. 4년 전 그는 산기슭에서 굶주린 이리 한 마리를 만났는데, 가까이 다가오지도 멀리 떨어지지도 않은 채 그의 뒤를 따라오며 그의 살을 먹으려고 했다. 그는 그때 놀라 죽을 뻔했으나 다행히 손에 한 자루 도끼를 가지고 있었기에 그것을 믿고 담이 커져 웨이쫭까지 올 수 있었다. 영원히 기억나는 것은 그 이리의 눈이 흉측하고 무서웠으며, 두 개의 도깨비불처럼 번쩍번쩍하며 흡사 멀리서부터 그의 피부와 살을 꿰뚫을 것 같았던 것이다. 이번에 그는 지금까지 본 적이 없는 더욱 무서운 눈을 보았는데, 둔하면서도 날카로워 벌써 그의 말을 씹어 먹었을 뿐만 아니라 그의 피부와 살 이외의 것까지도 씹어먹으려고 언제까지나 멀지도 가깝지도 않게 따라오는 것이었다.

이 눈들은 하나가 되어 이미 그의 영혼을 물어뜯고 있었다.

"살려줘요……."

그러나 아Q는 소리 내지 않았다. 그는 일찍부터 두 눈이 캄캄했으며 귀에서 윙하는 소리가 나고 온몸이 마치 먼지처럼 산산이 흩어지는 것 같았다.

당시의 충격을 가장 크게 받은 사람은 오히려 거인 영감인데, 왜냐하면 끝내 장물을 찾지 못해 그의 온 집안이 울부짖었기 때문이다. 그 다음은 짜오씨 댁인데, 수재가 읍내에 고발하러 갔다가 악질 혁명당에게 변발을 잘렸을 뿐만 아니라 또 2만 문의 현상금을 쓸데없이 써버렸기 때문에 온 집안이 울부짖었다. 역시 이날 이후 그들은 점점 망해가는 사대부집 같은 분위기를 자아냈다.

救命……

여론을 보면 웨이쫭에선 아무런 이의 없이 아Q가 물론 나쁘고 총살을 당한 것이 바로 그가 나빴다는 증거라고 했다. 나쁘지 않았다면 어찌 총살을 당했겠는가? 그러나 성안에서의 여론은 좋지 못했는데 총살은 목을 자르는 것만큼 재미가 없다고 생각하며, 그들 대부분은 불만이었다. 그리고 그건 얼마나 시시한 사형수인가. 그토록 오래 거리를 다녔는데 끝까지 창도 한마디 못 부르다니, 그들이 따라다닌 것은 완전히 헛걸음이었다.

(1921년 12월)

역 주

1) 《論語》,〈子路〉편에서 인용. "名不正則言不順"
2) 3敎 : 儒敎・佛敎・道敎.
    9流 : 儒家・道家・陰陽家・法家・名家・墨家・縱橫家・雜家・農家.
3) 地保 : 마을의 치안을 담당하는 사람.
4) 《郡名百家姓》: 姓마다 郡名을 붙여 그 姓의 근원이 古代 어느 곳이었나를 밝힌 책.
5) 土穀祠 : 土地의 神과 곡물의 神에게 제사 지내는 사당.
6) 文童 : 수재(秀才)에 급제하지 못한 학동.
7) 小孤孀上墳 : 샤오싱(紹興) 지방에서 유행하던 연극의 명칭.
8) 擧人 : 鄕試에 합격한 사람.
9) 哭喪棒 : 상주가 짚는 지팡이.
10) 《左傳》,〈宣公千年〉에서 인용.
11) 我手執鋼鞭將你打…… : 샤오싱 지방에서 유행하던 지방극〈龍虎鬪〉에 나오는 가사.
12) 《三國志》,〈吳志・呂夢傳〉'士別三日卽便刮目相待'
13) 〈龍虎鬪〉에 나오는 가사.
14) 把總 : 淸朝의 최하급 무관. 縣知事와 동급 정도의 지위.
15) 黃傘格 : 옛날 관리가 쓰던, 가장 정중하고 格式이 있는 편지의 한 형식.
16) 自由堂을 웨이쫭 사람들이 잘못 알고 있는 말.
17) 劉海蟾을 가리킴. 五代 때 終南山에서 修道하여 神仙이 되었다고 함.
18) 過了二十年又是一個好漢…… : '20년이 지나 다시 훌륭한 남자로 태어나……'란 말로, 사형수가 죽음을 두려워하지 않는 意氣를 나타내기 위해 옛날부터 사용하던 말.

루쉰(魯迅) 연보

1881년   9월 25일 쩌쟝(浙江) 샤오싱(紹興) 출생.
        원명은 쪼우 수런(周樹人). 자(字)는 위차이(豫才).
1896년   부친 별세.
1898년   난징(南京)의 쟝난수사학낭(江南水師學堂) 기관과에 입학.
1899년   路礦學堂 探鑛科로 전학.
1902년   3월 일본에 유학.
1904년   센다이 의학전문학교(仙臺醫學專門學校) 입학. 6월 조부 사망.
1906년   3월 노일전쟁의 시사환등(時事幻燈)을 보고 중국인의 정신 개조를 결심
        하고 의전 중퇴.
        7월 귀국하여 결혼. 아우 쭤런(作人)과 함께 일본으로 가서 문학에 심취.
1909년   《역외소설집(域外小說集)》 출판.
        8월 귀국. 화학교사.
1911년   11월 샤오싱사범학교 교장.
1912년   1월 교육부에서 근무.
1918년   처녀작 〈광인일기〉를 《신청년》에 발표.
1919년   〈공을기(孔乙己)〉·〈약(藥)〉 집필.
1920년   〈명일(明日)〉·〈작은 사건(一件小事)〉·〈풍파〉 등 발표.
1921년   〈고향〉 집필. 〈아Q정전〉을 북경에서 발행된 신문 《신보(晨報)》 부간(副
        刊)에 연재.
1923년   소설집 《납함(吶喊)》·《중국소설사략》 출판.

1924년   〈축복〉·〈주루(酒樓)에서〉 등 집필. 잡지 《어사(語絲)》 창간.

1925년   〈고독자〉·〈상서(傷逝)〉 집필. 평론집 《열풍》 출판.

1926년   소설집 《방황》 출판.

1927년   평론집 《분(墳)》, 산문시집 《야초(野草)》 출판.

1930년   중국좌익작가연맹의 중심인물로 프롤레타리아 문학 이론 주장.

1933년   《루쉰 자선집》 출판.

1934년   해외문학 소개 잡지 《역문(譯文)》 창간.

1936년   역사소설집 《고사신편(故事新編)》 출판.
          7월 《케테 콜비츠 판화 선집》 편찬 출판.
          10월 19일 오전 5시 25분 영면(永眠).
          22일 만국공묘(萬國公墓)에 안장.

1937년   유저(遺著) 《야기(夜記)》·《루쉰(魯迅)서간》·《차개정잡문(且介亭雜文)》·《동이집(同二集)》·《동말편(同末編)》 등 출판.

1938년   《루쉰 전집》 20권 출판.

1951년   《루쉰 일기》 출판.

1956~1958년 《루쉰 전집》 10권, 《루쉰 역문집》 10권 출판.

판화 아큐정전(阿Q正傳) 해설

유홍준(俞弘濬)/미술평론가

소설 사이사이에 들어 있는 삽화는 우리가 흔히 보아온 것이지만, 이 책처럼 매 쪽마다 글과 판화로 엮어진 방식은 매우 낯선 것이라고 생각된다. 중국에서는 이러한 그림을 연환화(連環畵)라고 부르며, 이는 1930년대에 루쉰의 지도 아래 이루어진 목판화운동의 전개과정에서 나온 새로운 미술형식인 것이다.

루쉰은 1928년 中山大學을 떠나 상해로 온 이후, 《예원조화(藝苑朝華)》를 출간하면서 본격적으로 미술운동을 벌이며, 미술평론가 내지는 이론가, 미술운동 지도자로서 활동하게 되어, 1931년 8월 루쉰이 기획한 〈목각(木刻)강습회〉는 중국 목판화운동의 기념비적인 출발점으로 얘기되고 있다. 이 목판화 운동을 그들은 신흥목각운동(新興木刻運動)이라고 부르는 것도 이런 연유였다.

루쉰은 루나차르스키의 〈예술론〉을 번역하고, 케테 콜비츠의 판화집을 발간하는 등 청년미술가들에게 서구 리얼리즘 미술의 유효성을 소개하는 한편으로 〈북평전보(北平箋譜)〉·〈십죽재전보(十竹齋箋譜)〉 등 중국 목판화의 전통을 확인시키는 작업도 게을리 하지 않았다. 이것이 당시 자주 논의되던 '구형식(舊形式)의 채용과 신형식의 출현' 문제에 대한 루쉰의 입장을 단적으로 보여준 것이다. 즉 그는 내용에 있어서는 리얼리즘, 형식에 있어서는 민족적 신형식이었다.

루쉰은 이 신흥목각운동의 초창기부터 연환화에 청년미술가들이 주목해줄 것을 호소해 왔다. 그는 〈연환도화의 변호〉라는 글에서 다음과 같은 얘기를 하였다.

책의 삽화는 본래의 의미가 책을 장식하고 독자의 흥미를 더하게 하는 데 있으나, 그 힘은 흔히 문자가 미치지 못하는 곳을 보조한다. 그러나 그런 그림의 수효가 아주 많을 때는 바로 그 그림들만으로 문자의 내용을 알게 되며, 문자에서 격리시켜 연환도화로 독립시킬 수 있다.

그리고 루쉰은 그 현저한 예를 프랑스의 구스타브 도레 작 〈돈키호테〉, 독일의 케테 콜비츠 작 〈직공〉, 벨기에의 마즈렐 작 〈어떤 남자의 수난〉 등을 예로 들고 있다. 그는 이러한 연환화는 어딘지 영화와 비슷한 인연이 있는 것 같다고 말하면서 그 이유는

'연속적인 그림을 사용해서 문자를 대신했다기보다는 사진의 연속성을 살려낸 효과'가 있기 때문이라고 했다.

또 루쉰은 중국 고래의 두루마리 그림, 소설의 삽화 등 전통을 상기시키면서 이 연환도화라는 신형식의 출현을 강조했던 것이다. 루쉰이 주장하는 연환화는 당시 미술계로부터 그림의 격을 삽화로 전락시키는 일이라고 공격을 받기도 했는데, 이에 대하여 루쉰은 예술이 '그윽한 전당'에 모셔지기를 원하는 고아(高雅)한 미술인에게는 그렇게 비칠지 모르지만, '나는 감히 믿는다. 그것들을 대중은 보고 싶어 하고, 거기에서 대중은 감격하고 있다는 사실을!' 하며 오직 좋은 내용의, 좋은 형식의 출현을 촉구해왔다. 이는 우리 시대 미술에서도 자주 논의되고 탐구되고 있는 전통 장르의 파괴와 새 장르의 탄생과정에서 일어나는 진통의 좋은 예로 삼을 수 있을 것이다.

그의 뜻을 가장 먼저 받아들인 이는 황신뿌어(黃新波, 1915~1980)였으며, 그가 1932년에 그린 〈평범한 고사(故事)〉라는 작품은 이 연환화의 초기 명작으로 꼽히고 있다. 그리고 1942년에 뤼멍(呂蒙) 등 3명이 110폭으로 그린 공동작 〈철불사(鐵佛寺)〉는 단편적인 내용이 아닌 장편 연환화로서 높이 평가되고 있다.

이후 목판화운동이 본격화되고 항일전을 거쳐 건국으로 이르는 사회적 변혁과정에서는 이 연환화는 다름 아닌 루쉰의 소설과 수필, 그가 말한 잡문에 곁들여지면서 장족의 발전을 보게 됐다. 특히 그의 아큐정전(阿Q正傳) 연환화는 여러 작가의 목판 연환화로 제작됐고 수묵화가(水墨畫家) 청스파(程十髮)가 그린 〈아큐 108도〉가 유명하다.

이 책에 그림을 그린 짜오이옌니옌(趙延年)은 1924년 쩌쟝(浙江) 태생으로, 1939년 무렵부터 목판운동에 참여하여 1942년에는 중화전국목각협회 상무이사가 되고, 중화인민공화국 정부수립 뒤에는 중국미술가협회 이사 등을 역임했으며 현재 쩌쟝(浙江) 미술학원 판화교수로 있다. 그의 대표작으로는 루쉰상(像)이 꼽히고 있으며 이 연환화 아큐정전(阿Q正傳)은 1979년 작이다.

라 퐁텐 우화집

프랑스 문학의 위대한 걸작,
《우화집》의 국내 하나뿐인 완역본

장 드 라 퐁텐 지음 | 그랑빌 그림
민희식 옮김

국내에 하나뿐인 옮긴이의 옛 번역본이 절판된 지 오래되어, 그동안 독자들은 프랑스문학사 속에 언급된 이 작품에 대한 찬사만을 귀동냥할 수밖에 없었다. 이 책에 담긴 240편의 우화시들은 단순한 우화라기보다 동물과 인간 그리고 신을 배우로 삼은 유쾌한 '희극'이다. 따라서 이 책의 참맛은 훈계조의 교훈이 아니라 읽는 동안 무심코 스며 나오는 웃음에 있다. 이를 위해서 옮긴이는 옛글을 처음부터 끝까지 손을 보았고, 원문을 충실하게 옮겨 '우화시'의 절제되고 함축적인 문체와 17세기 프랑스어의 미묘한 뉘앙스를 독자들이 느낄 수 있도록 노력하였다. 여기에 각 우화마다 근대 일러스트레이션의 대가 그랑빌의 섬세한 판화가 들어감으로써 읽는 재미에 보는 재미를 더해 줄 것이다.